Herstellung und Verlag:
Books on Demand GmbH, Norderstedt
ISBN: 978-3-8370-5054-7

Frühstück

„Was hast du denn heute vor?" fragte der Vater und aß von dem Müsli.

„Ich weiß es nicht", sagte der Sohn und schob das Glas, das mit Orangensaft gefüllt war, auf dem Tisch hin und her.

„Man muss ja auch nicht immer Programm machen. Mir geht es manchmal so, dass ich sonnabends aufwache und mich einfach darüber freue, dass es Sonnabend ist, ohne dass ich mir etwas Konkretes vorgenommen hätte, auf das ich mich freuen könnte. Schmeckt dir das Müsli?"

„Das weiß ich nicht."

„Warum isst du denn nichts?"

„Vater, bitte..."

„Entschuldige."

„Natürlich."

„Aber dir ist schon klar...", sagte der Vater, nachdem er Kaffee getrunken und aus dem Fenster gesehen hatte, „dass es die Stimmung nachhaltig beeinflusst, wenn man nicht richtig oder überhaupt nichts isst. Mir ist klar, dass du solche Dinge unwichtig findest, um so richtiger ist es vielleicht aber gerade deshalb, dass ich dich darauf hinweise und sozusagen für dich..."

„Du redest Unsinn, Vater..."

„Ich weiß."

„Das weißt du gar nicht und es tut mir leid, dass ich das gesagt habe. Entschuldige bitte. Aber du würdest mir einen Gefallen tun, wenn du gar nichts sagen würdest."

„Natürlich...", sagte der Vater und aß minutenlang schweigend weiter. Dann räusperte er sich und sagte:

„Trotzdem erlaubst du mir aber vielleicht, dich darauf hinzuweisen, dass dein Abitur in keiner Weise in Frage gestellt ist, ich meine... das natürlich sowieso nicht, sondern auch nicht, dass du es hervorragend bestehst, viel besser, als du es dir jetzt vorstellen kannst, natürlich ist mir vollkommen klar, dass es unumgänglich ist, dass du diese Zweifel hast, weil sich so die Spannung aufbaut, die dich überhaupt erst in die Lage versetzt, überdurchschnittliche Leistungen zu bringen..."

„Das Abitur ist mir gleichgültig."

„Das glaube ich dir nicht."

„Du wolltest mich doch in Ruhe lassen."

3

„Natürlich, aber wie kann ich das, wenn du mir etwas sagst, was mich beunruhigt. Noch vor wenigen Tagen haben wir uns ganz normal über das Abitur unterhalten und jetzt sagst du..."

„Ich habe einfach keine Kraft mehr, mich zu verstellen."

„Was soll denn das heißen?"

„Ich hatte dich gebeten, mich in Ruhe zu lassen."

„Was nun noch unmöglicher geworden ist."

„Vater..."

„Was hast du? Was bedrückt dich?"

„Du kannst mir nicht helfen."

„Das ist möglich, aber trotzdem will ich wissen, was los ist."

„Ich kann mich nicht damit abfinden, sinnlos zu sein."

„Das brauchst du auch nicht, weil du nicht sinnlos bist."

„Es gibt eigentlich nur sinnlose Menschen, es sei denn, dass sie etwas hervorbringen, was bleibt. Aber wie vielen gelingt das. Bei den meisten spielt es vielleicht gar keine Rolle, dass sie sinnlos sind, weil sie sich selbst anders wahrnehmen und eine Beziehung zu sich selbst haben, die ich nie begreifen werde, aber das ist ja unwichtig, weil ich selbst weiß, dass ich sinnlos bin, und das doch nicht akzeptieren kann, weil ich denke, dass jedes Lebewesen Sinn hat, einfach, weil es existiert und sich nicht selbst geschaffen hat und....."

„Und das ist ja auch fraglos so", sagte der Vater, stand auf, ging zur Bar, griff zur Sherryflasche und nahm einen langen Schluck.

„Aber was würdest du dazu sagen, wenn ich nicht dein Sohn wäre?" fragte der Sohn und blickte den Vater an, als der sich wieder an den Tisch setzte.

„Woher soll ich das wissen?"

„Siehst du..."

„Was erwartest du von mir", sagte der Vater und blickte den Sohn an, „dass ich akzeptiere, dass du dich sinnlos findest? Dass ich nicht nachvollziehbar finde, was du sagst? Dass ich so tue, als seien mir deine Gefühle und Gedankengänge fremd oder jemals fremd gewesen, seit ich denken kann, dass ich..."

„Aber du hast dich abgefunden und ich finde mich nicht ab...", sagte der Sohn und blickte den Vater an.

„Was du alles weißt. Wenn dir das eine Hilfe ist, dann sieh es ruhig so. Aber sei dir nicht zu sicher darin. Was siehst du von anderen Menschen, was weißt du, was sich in ihnen abspielt? Meinst du, dass jeder, der die Verantwortung ernstnimmt, die er trägt, ein oberflächlicher Mensch sei, der sich abgefunden habe?"

„Das habe ich nicht behauptet."

„Dann ist es ja gut."

„Ich sage lediglich, dass ich unfähig bin, mich sinnvoll zu fühlen, wenn ich mich ansehe und mir vorstelle, was ich einmal machen werde. Sinnvoll fühlt man sich doch sicherlich nur dann, wenn man etwas tut, was man nur selbst tun kann oder sich einfach wohlfühlt und also nie auf den Gedanken käme, etwas andres als einfach nur da zu sein."

„Du glaubst wirklich, es gebe Menschen, die glauben, etwas zu tun, was nur sie tun können?"

„Natürlich."

„Gut. Aber du musst dir bewusst sein, dass es ein Glauben ist. Wenn man das nicht glaubt, ist es eine ebenso phantastische Annahme wie die Spekulation, auf dem

Mars gebe es kleine grüne Wesen, die Marsmenschen hießen."

„Überhaupt nicht. Nur Goethe konnte Goethe sein, nur Kafka bleibt Kafka."

„Und die beiden haben das so erlebt?"

„Bestimmt."

„Verwechselst du nicht geschichtliche Resultate mit der subjektiven Befindlichkeit des je einsamen, notwendig zweifelnden Menschen?"

„Wieso notwendig zweifelnd? Wenn du ein Genie bist, hast du das Zweifeln hinter dir, jedenfalls das große, grundsätzliche. Dann hast du eine Identität gefunden. Dann hast du Boden unter den Füßen. Dann weißt du, dass du etwas hast, was dir nie mehr genommen werden kann."

„Dieses Gefühl kann jeder Mensch erleben, dazu braucht man kein Genie zu sein. Gerade die werden am seltensten so erleben, aber wir wollten ja von dir sprechen."

„Gar nicht. Was ändert sich dadurch, dass man darüber spricht? Warum du darüber sprechen willst, ist ja offensichtlich: Weil ich dein Sohn bin und du wissen willst, was ich denke, damit du mich besser kontrollieren kannst. Das sollte ich dir nicht übelnehmen, sondern liebevoll und normal finden. Aber was hat das damit zu tun, dass ich mich sinnlos fühle und doch denke, dass jeder Mensch sinnvoll ist? Irgendwann bist du tot, vielleicht sogar vor mir, und lässt mich sowieso alleine zurück."

„Macht es für dich keinen Unterschied, ob Menschen durch den Tod voneinander getrennt werden, die sich nahe waren oder die nichts voneinander gewusst haben?"

„Tot ist tot."

„Das glaube ich dir nicht."

„Das kannst du halten, wie du möchtest. Das ganze Gerede ändert sowieso nichts daran, dass du keine Antworten hast, die ich nicht selber hätte. Du solltest also nicht so tun, als hättest du welche. Damit machst du dich nur lächerlich. Gib zu, dass du lächerlich bist, das macht dich vielleicht sogar sympathisch."

„Ich denke nicht...", begann der Vater, ging zur Sherryflasche, stellte sie auf den Tisch, setzte sich wieder und nahm einen weiteren längeren Schluck.

„Natürlich denkst du das", sagte der Sohn und biss in eine Scheibe Knäckebrot.

„Und jetzt?" fragte der Vater und blickte ihn an, „was erwartest du eigentlich von mir? Dass ich zu allem Ja sage, was du sagst? Dass ich es wunderbar finde, dass du dich sinnlos fühlst? Dass ich finde, dass es die einzige Art ist, wie du dich sehenkönnen kannst, weil du so bist, dass du dich so siehst? Oder dass ich so tue, als fände ich es wunderbar, und ansonsten gar nichts mehr sage?"

„Es ändert doch nichts", sagte der Sohn und blickte am Vater vorüber, „es ist, wie es ist."

„Nein, das ist es nicht, sondern du hast noch faszinierende Entwicklungsschritte vor dir."

„Die einen Sinn hätten, wenn sie etwas Bleibendes beinhalten könnten. Aber selbst wenn sie das täten, würde ich es wahrscheinlich nicht wissen. Wie soll ich mich also sinnvoll finden können?"

„Du fühlst dich nicht sinnlos, weil du liebst."

„Ich liebe nicht."

„Du wirst lieben."

„Das eine reine Annahme."

„Du wirst lieben."

„Ist Hoffnung nicht lediglich Flucht vor der Wirklichkeit? Baut man sich nicht immer wieder nur etwas auf, was sowieso nicht real wird, um sich nicht damit konfrontieren zu müssen, dass man sich sinnlos fühlt?"

„Wenn du versuchst, die Hoffnung zu desavouieren, hast du keine Chance mehr."

„Das sage ich ja."

„Wir wollen einen Vertrag schließen: Du versprichst mir, in sieben Jahren mit mir noch einmal über dein Gefühl zu sprechen, sinnlos zu sein."

„Warum sollte ich dir das versprechen?"

„Weil ich dich darum bitte."

„Wie soll ich noch sieben weitere Jahre leben können, wenn ich mich sinnlos fühle? Hast du dich nicht immer gegen jede Form von Gewalt ausgesprochen? Siehst du nicht, dass du mich damit folterst, wenn du mich zu einem Leben verurteilst, das keinen Inhalt und keine Hoffnung hat?"

„Wenn du liebst, wirst du dich für den engagieren, den du liebst."

„So wie du dich für Mutti."

„Genau."

„Und was ist daraus geworden?"

„Liebesgeschichten gehen alle verschieden."

„Nenne mir eine, die fünf Jahre überdauert hat."

„Man kann von außen nicht beurteilen, wie Beziehungen tatsächlich sind."

„Dann kann man auch nicht berechtigt feststellen, dass sie alle unterschiedlich seien."

„Es ist aber so."

„Und worin bestand euer Versagen?"

„Es gab keins."

„Wie schön."

„Wir haben uns auseinandergelebt."

„Das habe ich doch schon mal irgendwo gehört..."

„Auch die Entfremdung zwischen Menschen, und wenn sie sich milliardenfach ereignet, fällt unendlich unterschiedlich aus. Oder meinst du, dass du der einzige Abiturient seist, der sich sinnlos fühlt? Und trotzdem ist dein Gefühl etwas Einmaliges, weil es dich nur einmal gibt. Dein Erleben deiner Sinnlosigkeit wird sich von dem jedes anderen Menschen unterscheiden und genauso ist es zwischen Mutti und mir..."

„Aber ihr hattet es anders gedacht..."

„Natürlich."

„Daran siehst du, dass deiner Unfehlbarkeit Grenzen gesetzt sind. Woher willst du wissen, dass du dich mit mir nicht genauso irrst?"

„Das kann man nicht miteinander vergleichen."

„Das kann man immer sagen."

„Du magst ja Svenja jetzt schon ein bisschen."

„Und deswegen fühle ich mich nicht sinnlos?"

„Du solltest es mehr zulassen."

„Um Sex haben zu müssen?"

„Was hast du gegen Sex?"

„Was hat er mit dem zu tun, was man für einen anderen Menschen empfindet? Seit wann ist Gier Ausdruck dessen, dass man einem bestimmten anderen Menschen etwas Gutes wünscht, das man keinem anderen Menschen wünscht?"

„Ich wusste ja nicht..."

„Deswegen solltest du auch etwas vorsichtiger in deinen Urteilen sein."

„Du möchtest mir ernsthaft sagen, dass du..."

„Wollten wir nicht frühstücken?" fragte der Sohn und trank einen Schluck Orangensaft.

„Ich möchte mich nicht in Dinge einmischen, die ganz alleine deine sind."

„Und warum willst du mich dann dahin manipulieren, dass ich mich nicht sinnlos fühle? Das Reden über Sex ist nicht intimer als das Reden über das Existentielle. Außerdem nehme ich Svenja doch nicht übel, dass sie Sex will. Ich verstehe sie doch. Aber wenn ich einen Menschen liebhabe, dann möchte ich auch, dass es ihm gut geht, dann möchte ich Raum haben, darüber nachzudenken, was ich für ihn tun kann und inwiefern ich nicht gut für ihn bin, ob ich ihm im Wege stehe und inwiefern wir aufeinander bezogen sind... und was hat die Befriedigung von Gier damit zu tun? Ich bewundere ja Menschen, für die das irgendwie zusammengehört, ohne dass sie in der Lage wären, darüber Auskunft zu geben, wie sich das für sie konkret darstellt, aber für mich ist das nun einmal nicht so, und welchen Sinn hätte es, wenn ich so täte, als wenn ich da so wäre wie vielleicht auch Svenja..."

„Vielleicht ist sie ja auch nicht die..."

„Weil ich Sex befremdlich finde? Hast du mir eigentlich zugehört? Nimmst du eigentlich ernst, was ich sage? Oder denkst du insgeheim doch, dass ich irgendwie abartig sei oder irgendwann erkennen würde, dass alles ganz anders, nämlich so wie bei dir sei? Lass uns doch einfach frühstücken, ich will nicht mehr reden."

„Ich brauche dich."

„Du brauchst eine neue Frau."

„Ich möchte dich nicht verlieren."

„Es geschieht, was geschieht."

„So glaubst du nicht, dass man etwas ändern kann...?"

„Wie denn? Natürlich: Wir können uns eine Zeitlang Mühe geben. Wir können uns vornehmen, einander nicht kränken zu wollen. Wir können unser Verhalten immer wieder von neuem in Frage stellen und zu optimieren versuchen. Aber im Grunde kannst du dann immer noch nichts damit anfangen, dass ich mich sinnlos fühle. Im Grunde denkst du dann immer noch, dass ich komisch sei und schon noch dahinterkäme, dass alles ganz einfach und anders sei, und natürlich kann ich mir vergegenwärtigen, dass du mein Vater bist und ohne Zweifel bemüht und gutwillig und sowieso auch sympathisch, aber was ändert das daran, dass ich dir im Grunde fremd bleibe und du...“

„Nein...“

„Nein, was...?“

„Ich lerne doch... ich lerne doch so viel von dir.“

„Dass du keinen Sinn hast?“

„Nun, ich...“

„Fühlst du dich sinnvoll?“

„Ich...“

„Ja oder nein?“

„Ich trage Verantwortung.“

„Das ist doch nur Quark. Die meiste Zeit deines Lebens gehst du mit dir selbst um, die wesentlichen Fragen kannst du dir nur selbst stellen und selbst zu beantworten suchen. Meine Fragen sind aber nicht deine und du musst einfach erkennen, dass es eine Sackgasse darstellt, dir einzureden, dass du dich dafür interessiertest, ob ich sinnvoll bin oder du selbst, weil ich dein Sohn bin. Ich bin dein Sohn, dir aber fremd, und wenn du das nicht akzeptierst, wirst du niemals weiterkommen, weder mit dir noch mit irgendetwas anderem...“

„Ich weiß überhaupt nichts mehr.“

„Vielleicht ist das ein Anfang...“

„Daran glaubst du?"

„Ich kenne dich nicht."

„Das kannst du denken, aber auszusprechen brauchst du es nicht unbedingt."

„Ja, ja."

„Du bist sinnvoll", sagte der Vater und trank einen Schluck Orangensaft.

„Und was kannst du dafür tun, dass ich das auch so erlebe?" fragte der Sohn und blickte ihn an.

„Ich kann dich fragen, warum du nicht an den Vater der Väter glaubst."

„Ich glaube ihn doch."

„Wie kannst du dich dann sinnlos fühlen?"

„Hältst du so wenig von mir? Meinst du tatsächlich, mich derart verarschen zu können? Was hat die Gewissheit, dass alles sinnvoll ist, damit zu tun, dass ich mich als sinnlos erlebe? Bin ich eine Rechenaufgabe? Fühlt und erlebt man nach Gesetzen der Logik? Du bist intelligent und deswegen nehme ich es dir übel, dass du so billig zu argumentieren versuchst."

„Aber wenn du ihn glaubst, weißt du doch, dass unter deinem Erleben noch etwas ganz anderes ist, dass es auf gar keinen Fall so sein kann, dass du sinnlos bist, weil du ja gar nicht aus dir oder Zufall, sondern aus etwas ganz, ganz anderem bist, nämlich aus dem, der..."

„Aber er spricht doch nicht meine Sprache."

„Nun..."

„Wenn er mir wenigstens einmal in der Woche sagen würde, dass ich nicht sinnlos bin, wäre das schon eine andere Situation. Aber so? So habe ich doch immer wieder nur den Verdacht, mir lediglich etwas einreden zu wollen, um weiterzumachen, einfach nur weiterzumachen. Das Weiter muss aber einen Grund haben, einen Grund oder ein Ziel, sonst ist alles nur Feigheit."

„Das kannst du anderen vermitteln."

„Wem?"

„Denen, die in deiner Situation sind."

„Wo sind die?"

„Es gibt sie."

„Na und? Mir ist auch gewiss, dass es für jeden Menschen jemanden gibt, der ihm absolut zugeordnet ist. Was nützt es, dass man das weiß, wenn man diesem Menschen niemals begegnet? Ändert das etwas an der Situation?"

„Du musst rausgehen."

„Ich ziehe noch schnell genug aus."

„Das meine ich nicht."

„Plötzlich wirst du mich nicht mehr vermissen?"

„Natürlich werde ich dich vermissen, aber es ist doch klar, dass du irgendwann ausziehen musst."

„Und dann kommen die Zweifel..."

„Welche Zweifel?"

„An mir."

„Was?"

„Ob das alles so richtig war. Ob du wirklich ein Kind hättest zeugen dürfen. Was du am Ende doch falsch gemacht hast, dass es sich so weltfremde Fragen stellt wie die, was wohl der Sinn seiner Existenz sein könne. Aber natürlich wirst du immer wieder zu der gleichen Antwort gelangen, und zwar nicht, weil sie dich überzeugte, sondern weil du keine Alternative hast, weil dein Leben sonst auch keinen Sinn mehr hätte, und daher..."

„Du bist sinnvoll."

„Jeder Vater, der nicht gestört ist", sagte der Sohn und blickte den Vater an, „sagt das von seinem Kind."

„Das sagt nichts über den Wahrheitsgehalt der Aussage."

„Gib mich frei."

„Wie bitte?"

„Versuch nicht länger, mich mit Sprüchen festzuhalten, an die du selber nicht glaubst."

„Ich.."

„Ich weiß, dass du das nicht kannst, aber ich wollte es immerhin gesagt haben."

„Du..."

„Du hast es versucht und das ist nett von dir. Mehr gibt es nicht zu sagen."

Ambrosia – Nacht

„Ambrosia...", murmelte er, während er das Weinglas füllte, als seine Frau an ihm vorüberging, weil ein Windstoß das angelehnte Wohnzimmerfenster weit aufgerissen hatte. „Langsam reicht`s", sagte sie und schloss das Fenster.

„Sagtest du etwas, mein Schatz?"

„Was erwartest du eigentlich von mir?" fragte sie, drehte sich zu ihm um und stemmte die Arme in die Hüften, „wie lange, meinst du, kann ich das noch ertragen, wie lange, stellst du dir vor, sollte ich es – nur so in etwa – noch ertragen können? Mir steht es bis dort, bis dort, das kann ich dir sagen, und wenn ich keine Hoffnung auf Veränderung sehe, kann ich es auch nicht länger, ich kann es nicht, vom Wollen mal überhaupt nicht zu reden."

„Hast du wieder so viel Ärger in der Schule?"

„Ich habe überhaupt keinen Ärger in der Schule, nicht den geringsten, alles läuft bestens, ich habe Ärger mit dir oder wäre vielleicht froh, wenn es Ärger wenigstens wäre. Wie lange willst du so weitermachen?

Und das Weintrinken wird auch immer regelmäßiger bei dir – das sollte dir zu denken geben – ich möchte jetzt einfach von dir wissen, obwohl ich weiß, dass ich wieder nur so eine wolkige Antwort bekomme – ich möchte jetzt von dir wissen, ob Hoffnung besteht, dass du irgendwann aufwachst, oder ob das wirklich immer, immer, immer so weitergehen soll."

„Liebling, ich weiß wirklich nicht..."

„Und auf diese absurden Prädikate wirst du schon mal als erstes verzichten. Das kann, das darf ich von dir erwarten. Obwohl du so bist. Da kannst du dich einfach zusammennehmen. Doch. Dieser Götterquatsch, was dieser Götterquatsch soll, möchte ich von dir wissen, was das jetzt soll mit der Speise und der Salbe griechischer Götter, der sie ihre Unsterblichkeit verdankten. Du glaubst doch gar nicht an mehrere Götter, du glaubst doch gar nicht daran, dass Götter etwas nötig haben, oder habe ich all die Jahre da etwas missverstanden?"

„Liebling, ich..."

„Ich hatte dich gerade um etwas gebeten."

„Du musst etwas vollkommen missverstanden haben", sagte er, schloss die Augen und trank einen Schluck, „aber ich freue mich, dass du mir wohl einen Moment lang zugehört hast."

„Ich lehne diese Scheiße ab, ich lehne sie ab, ich mache sie nicht mit", sagte seine Frau, nahm Weinglas und –flasche und trug sie in die Küche, „jetzt ziehst du dich wieder in die Pose des Beleidigten zurück, dem niemanden zuhöre, der ganz furchtbar allein sei. Da spiele ich nicht mit. Und wenn du das jetzt nicht ernstnimmst, hast du dir das selber zuzuschreiben."

„Aber ich meine doch die raschwüchsige Pflanze", sagte er und griff dorthin, wo sein Weinglas gestanden hatte.

„Was?"

„Die raschwüchsige Pflanze, die sich in der Schweiz immer mehr ausbreitet, die, wenn es so weitergeht, die einheimische Flora verdrängt, das Traubenkraut, das beifußblättrig ist und aus Nordamerika stammt."

„Nun ist es ganz aus. Seit wann interessierst du dich für Biologie?"

„Schon in den 80er Jahren des 19. Jahrhunderts wurde sie in der Schweiz beobachtet, aber erst seit kurzem breitet sie sich rasant aus: Vom Rhonetal in die Romandie, von der Poebene her ins Tessin."

„Könntest du mir bitte mal...?"

„Invasive Neophyten sind nicht nur ein Problem für die Gesundheit von Menschen und Tieren. Weil sie einheimische Arten verdrängen, bedrohen sie auch die biologische Vielfalt. Im Nutzpflanzenbau müssen spezielle Unkrautbekämpfungsmaßnahmen ergriffen werden und die Erträge sind beeinträchtigt."

„Und du kannst definitiv ausschließen, dass du nicht diesen Quatsch mit den Göttern meinst?" fragte seine Frau und sah ihm dabei zu, wie er sich suchend nach allen Seiten umblickte.

„Sie können sogar Bahngleise und Flussufer destabilisieren und stellen insofern ein Sicherheitsrisiko dar", sagte er und schüttelte den Kopf, „Ambrosiasamen breiten sich hauptsächlich durch den Menschen aus. Sie haften in den Rillen der Autoreifen oder an Erntemaschinen. Sie können auch beim Transport von Erde und Kies oder durch das Ausstreuen von verunreinigtem Vogelfutter verschleppt werden."

„Und du hast auch nicht Homer gelesen? Und verschanzt dich nicht hinter irgend so einer manierierten Sprache, in der `ambrosisch` das Synonym für alles Schöne und Erhabene ist?"

„Natürlich: Maßnahmen werden eingeleitet, um die weitere Verbreitung einzudämmen: Landwirte und die ganze Bevölkerung werden informiert, Personen, die ohnehin unterwegs sind, Feuerbrand- und Unterhaltsdienste und die Ackerbaustellen der Gemeinden werden in Kurzkursen instruiert und mit Bildmaterial ausgerüstet und vielleicht bekommen sie das Problem ja irgendwann in den Griff."

„Ja, und?"

„Dann kommt irgendeine andere Pflanze, die bekämpft werden muss, vielleicht eine, die wir heute noch gar nicht kennen."

„Ja, und?"

„Wo ist der Sinn?"

„Wer?"

„Der Sinn."

„Was meinst du damit?"

„Wir bekämpfen die Ambrosiapflanze, zumal sie ja auch so allergen wirkt, und morgen bekämpfen wir eine andre und gestern haben wir eine andre bekämpft und immer, immer geht es so weiter. Genauso gut kann es aber auch nicht weitergehen. Alles stoppt heute, wir geben auf, lassen die Ambrosiapflanze sich ausbreiten und es macht keinen Unterschied. Jedenfalls ist alles dann genauso da und niemand ruft: `Das darf nicht sein.`"

„Ich verstehe überhaupt nichts."

„Nichts hat einen Sinn an sich, immer nur einen relativen, einen, der morgen entweder revidiert ist oder entscheidend eingeschränkt werden kann."

„Aber das ist doch gut so."

„Warum?"

„Weil es Raum für Neues schafft."

„Warum ist es nicht besser, dass das Alte bleibt und bewahrt werden kann?"

„Weil es nicht so ist."

„Dann ist doch der Wert des Guten kein Wert an sich, sondern ständigen konjunkturellen Schwankungen unterworfen."

„Nicht der Wert an sich, sondern nur sein jeweiliger Inhalt."

„Aber ich möchte doch Sinn haben."

„Du möchtest dich vor allem entscheiden, ob dir noch etwas an unserem Zusammensein liegt oder ob du so weitermachen möchtest wie im Moment. Ob du fast jeden Morgen mit einem neuen Spleen aufwachen möchtest oder bereit bist, auch mich zu sehen und auf mich einzugehen. Da möchtest du dich entscheiden, und zwar sehr dringend und sehr bald."

„Und mit welchem Recht führen wir nun diesen Feldzug gegen die Ambrosiapflanze? Ist sie nicht auch da, genauso wie wir? Mit welchem Recht versuchen wir, sie zu beseitigen?"

„Mit dem Recht unserer Existenz. Allergiker wollen nicht unter ihr leiden, Landwirte wollen nicht geringere Beträge erwirtschaften."

„Aber es ist kein absolutes Recht."

„Wo ist etwas je absolut? Hast du je das absolute Recht gehabt, mit mir zusammen zu sein? Konntest du dir nie vorstellen, dass es irgendwo jemanden gibt, der mich tiefer liebt als du, der weitreichender auf mich eingeht, der weniger in sich selbst gefangen ist als du? Und trotzdem bist du so anmaßend gewesen, mit mir zusammen sein zu wollen. Da kannst du die Ambrosiapflanze und ihre Bekämpfer gut in Ruhe lassen. Fang erst mal bei dir selber an."

„Das stimmt. Und ich habe auch schon oft darüber nachgedacht, ob es nicht besser für dich wäre, wenn ich dich verließe."

„Du bist ein Waschlappen."

„Warum?"

„Weil du nicht mit mir zusammensein sollst, damit es gut für mich ist, sondern weil du ohne mich nicht leben willst, weil du fühlst, nicht ohne mich leben zu können."

„So ist also alles nur Illusion?"

„Was?"

„Man kommt zusammen, weil man meint, einander zu lieben, um im Laufe der Zeit immer weiter festzustellen, dass man nicht zueinander passt, ja dass man der Welt des anderen fast mit einer Art von Hass begegnet. Denn wie du schon auf das Stichwort `Ambrosia` reagiert hast, hat doch gezeigt, dass du kaum ertragen kannst, dass ich mich mit etwas auseinandersetze, das..."

„Du hast doch keine Ahnung."

„Sicherlich, aber ich weiß jetzt konkret nicht..."

„Steh zu dir. Weich nicht immer zurück. Steh zu deinen Überzeugungen und tu nicht immer so, als glaubtest du, sie jeweiligen oder tatsächlichen Erfordernissen anpassen zu können. Deswegen war ich so erschrocken oder angewidert oder was weiß ich noch was, dass du plötzlich mit der Speise und Salbe griechischer Götter und ihrer Pferde anfängst. Du hast doch noch nie an mehrere Götter geglaubt. Was soll das also? Aber das habe ich dir alles schon gesagt. Warum zweifelst und suchst du immer, wenn alle Antwort immer schon da ist? Ich verstehe das nicht. Wir lieben einander, deshalb leben wir zusammen, oder wir lieben einander nicht und gehen deshalb auseinander. Alles andere ist Schwachsinn."

„Aber sind wir nicht mehr als zum Beispiel – entschuldige bitte, reg dich nicht auf, es ist ja nur ein Vergleich – sind wir nicht mehr oder doch immerhin anders als die Ambrosiapflanze, die sich ausbreitet, weil sie nun einmal da ist und sich ausbreiten kann? Sie kann ihre Existenz nicht reflektieren oder wir gehen jedenfalls davon aus, dass sie das nicht kann, aber w i r können unsere Existenz reflektieren, wir müssen es sogar."

„Nein."

„Nein?"

„Ich muss nicht alles reflektieren."

„Gut, du also nicht, und vielleicht ist das ja ein Indiz dafür, dass es besser wäre, wenn..."

„Das ist doch Bullshit. Menschen können zueinander passen, wenn sie verschieden sind, und sie können zueinander passen, wenn sie einander ähneln. Daraus kannst du nichts ableiten, nicht das geringste."

„Aber die Aggressivität, mit der du allem begegnest, was ich sage...."

„Ich bin nicht aggressiv, ich bin höchstens ungeduldig. Du reflektierst Dinge, auf die es keine Antworten gibt, warum reflektierst du sie also? Du wirst nie erfahren, ob es einen besseren, passenderen, liebenderen Menschen für mich gibt als dich, du wirst niemals wissen, ob es nicht ein Unrecht darstellt, dass wir einander lieben, es gibt nur das, was wir tun oder nicht tun, wir leben nicht im Zweifel oder Entwurf, sondern konkret, also jetzt und..."

„Aber setzt Reflektieren nicht Prozesse in Gang, die genauso viel wert sind wie einfach nur da zu sein? Wenn man erkennt, dass man vergeblich kämpft, weil alles ja nicht absolut, sondern nur relativ ist, ist man dann nicht genauso viel wert wie einer, der kurzentschlossen von der Brücke springt?"

„Ich möchte aber nicht, dass du von der Brücke springst."

„Wenn das Leben nur daraus besteht, relativ im Relativen zu leben, ist es sinnlos."

„Das Leben ist nie sinnlos, wenn es eine absolute Perspektive hat."

„Wie kann das möglich sein, wenn es nur relativ ist?"

„Liebe ist absolut. Auch, wenn sie hoffnungslos ist, will sie nichts außer sich, sie fragt nicht danach, in welcher Welt sie sich ereignet, sie lebt nur sich selbst und ihr ist es egal, ob jemand groß, allein, alt oder jung, dick oder dünn ist."

„Aber wo ist die?"

„Überall."

„Bitte?"

„Überall. Ich kenne Schüler in meinen Klassen, von denen ich weiß, dass sie einander so lieben. Sie sprechen nicht darüber, sie schweigen nicht darüber, und doch kannst du es, wenn du offen bist, wissen. Sie treten und beschimpfen einander und doch

30

haben sie eine Heimat gefunden, die durch nichts ersetzt werden kann."

„Aber davon hast du mir ja noch nie erzählt..."

„Ich wusste ja nicht, wie ahnungslos du bist, welche fadenscheinigen Gründe du brauchst, um von der Brücke zu springen."

„Aber diese Kinderliebe bleibt ja nicht, die Kinder werden älter und spätestens ab der Pubertät..."

„Bist du dir dessen gewiss? Weißt du das sicher? Könnte es nicht sein, dass sie das Erleben dieser Liebe niemals vergessen und selbst dann, wenn sie nie mehr einem Menschen begegnen, den sie lieben, in diesem Erleben geborgen bleiben?"

„Warum hast du früher niemals so mit mir geredet?"

„Weil ich dachte, das Wichtigste stimmt zwischen uns. Weil ich dachte, dass wir die gleichen Grundlagen haben. Erst jetzt wird mir klar, wie oberflächlich du bist und dass du allen Ernstes die Ambrosiapflanze zum Anlass nimmst, um begründen zu können, warum du dich fallen lässt und nie wieder aufstehst."

„Und wenn das nun Illusion ist?"

„Das kann man doch immer sagen. Warum sollte nur das Illusion sein, was anders ist als dein hartnäckiges Unkraut? Dann ist es auch Illusion, anzunehmen, dass wir hier miteinander reden und dass es Verständigung überhaupt gibt. Gut: Alles ist Illusion. Aber wie lange kannst du das leben? Und selbst wenn du eine Zeitlang darin erfolgreich bist: Woher weißt du, dass deine Illusion nicht gerade darin besteht, davon auszugehen, dass alles nur Illusion ist?“

„Die Angst davor ist das Beherrschende.“

„Nein, entweder deine Intelligenz oder die Erfahrung, geliebt zu werden und zu lieben, ist stärker.“

„So wirst du mir immer nur nah sein, wenn es mir schlecht geht?“

„Wie kommst du darauf?“

„Ich habe Bernds Briefe gefunden.“

„Was heißt `gefunden`?“

„Ich bin auf sie gestoßen, als ich etwas gesucht habe.“

„Und?“

„Solche Briefe...“

„Glaubst du, ich käme auf den Gedanken, Briefe an dich zu lesen, die nicht von mir sind, ohne dass du zuvor eingewilligt hättest?"

„Der eine hatte kein Kuvert, ich musste direkt draufsehen."

„Du hättest ihn weglegen können."

„Jedenfalls hattet ihr eine Nähe zueinander, die..."

„Ich habe dir von Bernd erzählt. Er ist kein Geheimnis gewesen."

„Du hast nicht erzählt..."

„Wie soll man das..."

„Aber wie kannst du dann so von Liebe sprechen?"

„Wie nicht?"

„Ich gehe jetzt", sagte er und wandte sich zur Tür.

„Das tust du nicht", rief sie, war mit zwei Bewegungen vor ihm und schloss die Tür ab, „du bist nicht das Opfer und du bist nicht hintergangen worden."

„Nie hast du von diesen Briefen gesprochen."

„Nie hast du zugegeben, dass du den Vater der Väter brauchst, um mir nicht ganz nahe kommen zu müssen."

„Weil es nicht so ist", sagte er und blickte sie an, „du stellst einen Zusammenhang her, den es nie gegeben hat. Ich habe nie einen Zweifel daran gelassen, woraus ich lebe, wenn du darauf eifersüchtig gewesen bist, hättest du das jederzeit sagen können. Es sieht doch viel eher so aus, dass du jetzt von etwas abzulenken versuchst, was ich dir gar nicht vorwerfen kann, weil wir einander nicht besitzen, sondern nur einmal geliebt haben..."

„Rede nur nicht so edel. Wenn du mich nie besitzen wolltest, hast du mich auch nie geliebt."

„Das ist ja absurd."

„Deswegen habe ich auch immer diese Reserve gespürt."

„Was für eine Reserve?"

„Als wenn du dich nie ganz geben würdest."

„Kann ich doch auch nicht, ich habe immer mit dem Vater der Väter geschlafen."

„Bemerkst du nicht auch selbst, auf welches Niveau du dich mittlerweile begibst?"

„Nein."

„Immer hast du nur an diesen Schwachsinn gedacht, an diese Hirngespinste, an all diesen eskapistischen Mist. Wann wächst du endlich mal auf? Es gibt keinen Sinn, es existiert nichts, was allem zugrunde liegt und alles jederzeit macht. Wir sind es, nur wir, die alles tun und unterlassen. Der Rest ist Zufall und sowieso unverständlich."

„Und wieso hast du dich Bernd dann so nahe gefühlt?"

„Das verstehe ich nicht."

„Nähe ist nicht unsere Leistung, sondern transzendentes Geschenk."

„Ist das so? Das ist aber praktisch. Dann kann ich also wild rumvögeln und bin es gar nicht selber, sondern nur eine Pralinenschachtel, die gratis rumgereicht wird? Und so ist es dann wohl auch mit allem anderen: Mit Morden und Nachbarnüberfallen, mit Stehlen und Vergewaltigen und allen so Sachen? Warum hast du mir das nicht schon viel früher gesagt? Ich hätte mich viel besser, vor allem viel freier gefühlt. Vor allem hätte ich nicht so lange auf dich Rücksicht genommen und kein schlechtes Gewissen gehabt. Ich wäre einfach weitergezogen und hätte mir etwas andres, vor allem weniger Schwieriges, Sperriges gesucht. Ich bin dir so dankbar, du hast mir die Augen geöffnet, endlich kann ich mich unbeschwert überall umsehen."

„Das kannst du doch sowieso."

„Doch nicht, wenn ich denke, ich könnte dich verletzen."

„Aber du hast doch Bernd offensichtlich geschrieben, wie sehr du seine Radikalität bewundertest, seine..."

„Weil ich sie selber nicht habe."

„Woran ich schuld bin."

„Ich habe mich verantwortlich gefühlt."

„Weil ich einen glaube, der Menschen wie dich und mich, Adolf Hitler und Albert Schweitzer gleichzeitig zeugt."

„Genau."

„Das glaubst du doch selbst nicht."

„Jedenfalls wirst du nicht gehen und ich gehe auch nicht, das mit Bernd war doch nur eine Phase und Ausdruck dessen, dass du dich immer tiefer in deine Welt eingegraben hast. Nur noch der Vater der Väter oder die Ambrosiapflanze der Ambrosiapflanzen oder der Gott der Götter oder was immer du möchtest: Du hast mir keine Chance, keinen Raum mehr gelassen. Habe ich dich bei Problemen in der Schule um Hilfe gebeten, bist du zwar darauf eingegangen, aber so, als seiest du irgendwoanders, habe ich versucht, dir zu signalisieren, dass ich dir nahe sein möchte, hast du dieses bestimmte Gesicht gemacht..."

„Für mein Aussehen kann ich nichts..."

„Dieser Ausdruck..."

„Lass es uns zu Ende bringen."

„Mach es mir plausibel."

„Was denn?"

„Wie du, wenn du nicht verrückt bist, wirklich glauben kannst, was du glaubst."

„Woher soll ich das wissen", sagte er und blickte sie an, „meinst du, ich fände das gut und sei mir der Absurdität dieses Glaubens nicht voll und ganz bewusst? Denn selbst wenn es ihn gibt, den Vater der Väter: Wie kann er dann auf die Idee kommen, eine Pflanze zu zeugen, für die in der Schweiz nun sogar Melde- und Bekämpfungspflicht besteht und die keinen erkennbaren Nutzen hat außer dem, dass man an ihr studieren kann, dass jederzeit mit allem gerechnet werden muss: Zum Beispiel mit völlig neuen Unkrautsorten, die zwischen geklontem Gemüse hervorschießen und gegen alles resistent sind, was wir bislang an Bekämpfungsmitteln hervorgebracht haben. Oder..."

„Warum erzählst du mir das alles? Was willst du mir damit sagen?"

„Dass ich immer gutwillig war", sagte er und blickte an ihr vorüber, „dass ich von Anfang an nichts unversucht gelassen habe, mich selbst davon zu überzeugen, dass ich nicht glaube, oder wenn, dann etwas gänzlich Absurdes, das auf unser tägliches Leben keinerlei Auswirkungen hat, oder wenn, dann allenfalls solche, dass es keinen Grund gibt, dafür in Verehrung auszubrechen, wobei ich sagen muss, dass ich ohnehin denke, dass Glauben nicht unbedingt mit Verehrung oder gar Anbetung zu tun haben muss, sondern sich auch als schlichte Gewissheit äußern kann, die einfach etwas als selbstverständlich weiß, das..."

„Aber man weiß nichts."

„Nein, man weiß nichts."

„Wovon redest du also?"

„Von Gewissheit."

„Wo ist der Unterschied?"

„Ich weiß nicht, ob ich dem Vater der Väter jemals begegnen werde, aber ich bin mir gewiss, dass nichts ohne ihn ist."

„Und das schließt aus, dass du dich hingibst? An einen Menschen? Das muss notwendig bedeuten, dass du anderen das Gefühl gibst, dass sie höchstens geduldet seien, im Grunde aber nur störten? Und wenn das so ist: Warum hast du dich auf mich eingelassen? Warum hast du mich von dir abhängig gemacht, wenn du weißt, dass Menschen für dich von vornherein sekundär sind, weil sie ja keine Allmächtigen sind?"

„Erinnerst du dich auch richtig? Ist es nicht eher so gewesen, dass wir voneinander abhängig waren und uns erst gefragt haben, mit wem wir es da zu tun haben, als wir längst eine Beziehung eingegangen waren?"

„Interessiert mich das? Musst du so reagieren? Warum musst du mir immer widersprechen? Warum kannst du nicht einfach so wie andere sein? Wieso kann ich keinen Spaß mit dir haben? Warum muss alles so schwer sein und so lastend mit dir? Warum bist du immer... so... und warum glaubst du nicht wenigstens etwas, auf das ich stolz sein und das ich rumzeigen könnte..."

„Lass uns zum Ende kommen."

„Ich scheitere nicht."

„Ist Zweisamkeit für dich ein Sportwettkampf?"

„Wie du immer redest. So redet man einfach nicht. Du dozierst immer so. Warum bist du nicht einfach Professor geworden? Da könntest du deine Studenten zupredigen, die dich zwar auch ätzend fänden, aber wenigstens ihre Scheine bekämen. Ich bin eine Frau: Seit wann spielt das für dich eigentlich keine Rolle mehr?"

„Wie kommst du denn darauf..."

„Ambrosia war die Salbe, die die Schönheit des Körpers erhöhte. Schönheit des Körpers: Hast du davon schon mal was gehört? Hallo? Bist du noch da?"

„Selbstverständlich."

„Und warum wirkst du dann so abwesend?"

„Weil du etwas aus mir machst, was nichts mit mir zu tun hat."

„Versager!"

„Lass uns zum Ende kommen."

„Niemals."

„Ich gehe jetzt."

„Hast du vergessen, dass du keinen Schlüssel hast?"

„Sei nicht kindisch."

„Entweder ich glaube, was du glaubst, oder du glaubst nicht mehr, was du zu glauben meinst."

„Damit gibst du endgültig zu, dass du nicht erfasst hast, worum es geht: Es ist nicht beliebig, den Vater der Väter zu glauben, und es ist nicht manipulierbar. Natürlich kann ich mir vornehmen, mir zu suggerieren, ihn zu glauben oder nicht zu glauben, aber wie lange kann das tragen, ohne zusammenzubrechen? Ich bin doch höchstens eine skurrile Figur für dich gewesen, und nur, weil du vor dir selbst nicht zugeben willst, einen Fehler begangen zu haben, als du dich auf mich eingelassen und geglaubt hast, mich ändern zu können, wird alles doch nicht anders, als es nun einmal ist."

„Wenn der Vater der Väter wäre, wie du ihn siehst, würden alle ihn glauben."

„Warum? Warum sollte es nicht möglich sein, dass er unterschiedlichen Menschen unterschiedliche Aufgaben schenkt?"

„Wieso muss man die Wirklichkeit zu vergewaltigen suchen, warum ist man nicht bereit, die Vielfalt..."

„Das tue ich doch gar nicht."

„Dir ist nicht zu helfen."

„Habe ich um Hilfe gebeten?"

„Deswegen brauchst du sie trotzdem. Aber du bist nicht offen für sie."

„Warum kann man nicht im Guten auseinander gehen?"

„Weil es nicht so ist. Weil du dich nie wirklich bemüht hast, ein normaler Mensch zu sein. Weil du dich immer, wenn es darauf ankommt, hinter Metaphern oder Vorstellungen verschanzt, die man nicht nachprüfen kann. Weil du nie Verantwortung dafür übernommen hast, dass es mit uns etwas wird, immer hast du alles nur treiben lassen..."

„Und dabei ist gar nicht auszuschließen", sagte er, während er ihr dabei zusah, wie sie die Tür aufschloss und den Raum verließ, „dass wir alle selber invasive Neophyten und nur zu eitel sind, das zuzugeben. Sicherlich: Es würde uns, jedenfalls den meisten von uns, nichts nützen, das zu wissen und zuzugeben: Unsere Vitalität ist einfach zu groß, wir würden uns trotzdem weiter und weiter auszubreiten versuchen und die Nützlinge verdrängen, aber wäre es nicht wenigstens für die nicht so Vitalen, für die Schwächeren, ein Weg, sich neu zu bestimmen und ihr Leben zu ändern? Doch wie lange werden sie noch existieren, wenn gerade sie es sind, die sich in Frage stellen, da sie doch ohnehin nur Randpositionen einnehmen, die jederzeit endgültig beseitigt werden können? Ist nicht alles absolut aussichtslos oder wäre es doch, wenn einer nicht wäre, der alles selbst aussät und erntet und nur allein wissen kann, was er damit meint und ausrichten möchte? Nützt uns das etwas? Wissen wir deshalb konkret, was wir zu tun haben? Ja, wenn wir es ernst meinen... wenn nicht, bleiben wir nur Bilder und Vergleiche und werden, wenn wir tot sind, auf uns zurückblicken wie auf Pflanzen, deren Namen und Eigenschaften wir gekannt, mit denen wir aber nie zu leben versucht haben, weil wir meinten, über sie erhaben zu sein."

Mit ihm

Natürlich: Alles versteht sich von selbst. Er ist allmächtig, allwissend und trägt uns jederzeit unübertrefflich. Aber trotzdem leben wir ja. Wir wissen nicht nur. Wir hoffen, dass wir lieben, wir sind verzweifelt. Deswegen ist alles doch nicht so wissend, auch wenn es das ist. Auch wenn wir ihn nie in Frage stellen, den unendlichen Einen, stirbt unser Bruder, unsere Schwester. Auch wenn wir ihn immer wieder von neuem zu glauben beginnen, werden wir von denen verlassen, die wir bedingungslos brauchen. Natürlich: Alles ist schon gesagt worden über ihn, in allen Kulturen, in allen Sprachen, auf jedwede Weise: Aber ich lebe jetzt. Nur dieses eine Mal vielleicht und ich bin alleine einsam, auch wenn ich weiß, dass auch jeder andere alleine einsam ist.
Also? Ist die Lösung, dass ich im Kloster lebe. Die unerforschliche Vorsehung hat es so gewollt, dass ich mich in einem Kloster befinde, in dem man weite Blicke über ein Tal und gegenüberliegende bewaldete Berghänge genießt. In diesem Anblick bete ich am liebsten. Ich habe das Gefühl, weiter

zu werden, wenn ich das Tal überblicke und die Hoffnung haben kann, dass viele der sehr alten Bäume noch sehr lange da sein werden. So zu beten, macht mich ganz ruhig. Ich muss mit meinem Gott nicht im Clinch liegen, er ist nicht nah, nicht fern, er ist einfach da, ganz klar, ganz leicht und ganz leise. Nie wieder werde ich mich daraus vertreiben lassen, immer wird es so sein, ganz tief, ganz unauflöslich. Um zwölf Uhr nehmen meine Brüder und ich das Mittagessen ein. Mein Gott hat sich da schon weit zurückgezogen. Denn natürlich beginne ich jeden Tag ab zwölf Uhr mittags darüber nachzudenken, aus welchem Grund die anderen wohl hierher geflohen sein werden, was selbstverständlich eine ebenso haltlose wie oberflächliche Wertung darstellt: Denn was ist Flucht, was nicht? Flieht der, der eine Familie gründet, der, der sich dadurch bestätigt, dass er nacheinander achtundvierzig Frauen hat, oder der, der sich ganz einer Aufgabe verschreibt? Flieht der, der sich langweilt oder einfach nicht mehr will und von der Brücke springt, oder der, der sich ganz einem Werk verschreibt, einer einzigen, allesumspannenden Aufgabe? Wer will das entscheiden, wer einfürallemal bestätigen oder in Abrede stellen, ohne zu lügen? Und doch gehe ich davon aus, dass die anderen wie ich geflohen sein werden. Einfach, weil es fassbarer ist, so zu denken: Sie stehen dann nicht über mir, ich kann sie in dem Maße begreifen, wie ich mich selber begreife. Ich bin hier, weil ich es nicht mehr ausgehalten habe: Den Druck, Tag für Tag immer wieder die gleichen Rollen zu spielen, auf immer wieder die gleichen Erwartungen zu reagieren und immer wieder die gleichen Hoffnungen zu enttäuschen. Ich wollte springen, nicht jeden Tag von neuem das Gefühl haben, alles höchstens zur Hälfte zu tun. Ich bin geflohen, weil ich die anderen immer weniger ertragen und mich immer weniger verstanden habe. Warum müssen sie so angeben, warum soll ich immer weiter so hoffen müssen? Nein. Es gibt eine Antwort, und die ist hier und sie lautet: Er ist, der er ist, er wandelt sich nicht, und wenn er sich nicht wandelt, dann, weil er das souverän so gewollt hat. Er ist der Anfang und er wird das Ende sein. Er beantwortet jedwede Frage, jede Antwort ist keine bei ihm. Darin komme ich zur Ruhe, darin ist alles nur gut. Aber warum gibt es dann auch die Wirklichkeit außerhalb dieser Wahrheit, warum ist jedes misshandelte Kind, jeder ausgebeutete Mensch aus dieser Wahrheit ganz herausgefallen? Da müsste er sich dann schon herablassen, mein Gott, da müsste er sich so weit erniedrigen, dass er es ungeschehen macht, und zwar ganz schnell und für immer. Warum tut er das nicht?

Da ich auf die Beantwortung dieser Fragen nicht verzichten kann, bin ich nie im Kloster gewesen. Ich sitze in einer Studentenkneipe und fühle mich, da ich nicht viel Alkohol vertrage, bereits nach einem halben Liter Bier angenehm müde und ganz. Dort, diesem da, diesem nicht unsensibel wirkenden Braunhaarigen werde ich meine Fragen vorlegen können, ohne umgehend belächelt zu werden. Bedauerlicherweise lächelt er doch und sogar sehr breit. Ob ich von den Zeugen Jehovas sei und eine andere Art von Schulung durchlaufen hätte. Ob sie jetzt zunächst so täten, als wollten sie die Leute provozieren, um dann zu ihrem eigentlichen Anliegen zu kommen. Warum der, aus dem alles sei, alles nicht ganz anders mache, schreie ich ihn an, da er doch die Macht dazu habe. Dass ich ihm nicht im Ernst erzählen könne, entgegnet er, dass ich etwas so Lächerliches wie diesen sagenhaften Früheren glaubte, ob ich etwa schwul sei und etwas mit ihm anfangen wolle, dass er dazu aber nicht bereit sei, woraufhin vollkommen klar ist, dass man über derlei Dinge nicht spricht, man tut, wo auch immer, seine Arbeit und wartet darauf, möglichst schmerzfrei nicht mehr zu sein. Ich bin im zentralen Briefzentrum der Hauptstadt beschäftigt und arbeite in der sogenannten Resthandsortierung Großbriefe. Ich sortiere die nicht maschinenfähigen Briefe, die ich an den Großbriefsortieranlagen für meine Kollegin und mich einsammle, und das Äußerste an Gespräch zwischen meiner Kollegin und mir besteht darin, dass wir einander kurz über das Ergehen unserer Mütter informieren. Eigentlich kann ich mir vorstellen, mit dem schlanken Bildhauer befreundet zu sein, der an den Großbriefsortieranlagen arbeitet, doch strahlt er eine Tiefe aus, die sich als illusionär herausstellt, sobald ich ernsthaft mit ihm spreche. So vertritt er ernsthaft die

These, die stärksten menschlichen Triebe
seien Sexualität und Destruktion, auf meinen Einwand, dass das Menschliche doch
vielfältiger sei, gibt er lediglich an, die meisten Menschen wüssten nicht, was sich in
ihnen befinde und wozu sie fähig seien.
Wen kann er damit überzeugen? Mit diesem Argument kann man alles negieren,
was der eigenen Grundthese widerspricht.
Dann kann man auch behaupten, alle Menschen seien gut und sich dessen nur so
wenig bewusst, dass sie sich anders, ganz,
ganz anders verhielten. Der Bildhauer ist
intelligent, hat ein überragendes Gedächt-
nis, aber so wenig Interesse an mir, dass er
sich nie die Mühe machen wird, sich ernsthaft mit mir auseinanderzusetzen. Daher
erinnere ich mich daran, vor vielen Jahren
Theologie studiert zu haben, blättere im Te-
lefonbuch, finde den Namen eines ehema-
ligen Kommilitonen, der inzwischen Pfarrer
geworden ist, rufe ihn an und verabrede
mich mit ihm auf ein Glas Wein bei ihm zu
Hause. Dass der Vater der Väter derjenige
sei, sagt er und lächelt mich an, der seinen
Sohn habe sterben lassen, um uns zu erlö-
sen. Dass mir klar sei, dass er das vertre-

ten müsse, sage ich und rede mir ein, nicht enttäuscht zu sein, sondern weiterzuhoffen, und sage ihm, dass er die Allmacht des Vaters der Väter doch wohl nicht bestreiten wolle. Keinesfalls wolle er das, sagt er, da wir selbst aber eben nicht allmächtig, allwissend und dergleichen, sondern seien, wie wir seien, und nie verstehen könnten, warum alles sei, wie es sei, sei das Einzigproduktive, sich um das zu kümmern, was veränderbar sei. Aber wenn die Frage dennoch lebendig bleibe, sage ich, was man dann tue. Man arbeite, sagt er, wenn man hart arbeite, habe man keine Fragen mehr, und daher sitze ich an meinem freien Wochenende auf meinem Fahrrad und fahre so weit, dass ich weiß, meine Leistungsgrenze erreicht zu haben, und tatsächlich erfüllt mich, solange ich mich noch nicht regeneriert habe, die Dankbarkeit darüber, es wieder geschafft zu haben und noch nicht völlig degeneriert zu sein. Dann liefert der Videotext wieder eine Meldung über eine Mutter, die ihr Kind habe verhungern lassen. Warum gestattet der Vater der Väter das, warum lässt er Menschen so aufwachsen, dass sie, wenn sie Mütter sind,

50

so überfordert sein müssen, dass sie sich derart verhalten? Sagt einer was, gibt einer Antwort? Da niemand das tut, trinke ich zwei Glas Wein und bin endlich vernünftig: Es gibt keinen Vater der Väter oder wenn, können wir nie verstehen, wie oder was er ist. Da es so ist, können wir uns den Dingen zuwenden, die verständlicher sind, etwa dem, dass alles nur Illusion ist, weil wir nichts erkennen können, nicht das geringste: Alles kann so oder anders sein, man weiß nie, was, wann und wie etwas wirklich ist, man sieht immer nur den Anschein von etwas, und da das ständig so ist, habe ich mir von jeher keine Illusionen gemacht, etwas Ordentliches studiert und lese mit meinem Deutsch – Leistungskurs `Mein Name sei Gantenbein`. „Aber", sagt ein Schüler, „was ist, wenn man sich Daseinsentwürfe nicht nur unverbindlich vorstellt, sondern von ihnen getroffen ist, wenn man Fragen hat, die dadurch nicht verschwinden, dass man sich in unterschiedliche Alternativen hineinphantasiert?"
Welche das denn wohl seien, will der Kurs wissen, diese sehr verbindlichen Daseinsentwürfe. Ob man im Leben eine Aufgabe

habe, sagt der Schüler, ob man zu etwas berufen sei, was so nur man selber ausführen könne, was man tun solle, wenn einen eine solche Frage bedränge.

„Sich entspannen", sagt einer und hat die Lacher auf seiner Seite, ich aber bitte den Schüler in meine Sprechstunde und biete ihm Hilfe an. „Ich weiß nicht", sagt er und blickt mich ernst an, „wobei Sie mir helfen-können sollten. Muss nicht jeder seinen eigenen Weg finden, den, der nur ihm ganz alleine gehört? Was können Sie dabei tun? Ich finde nur, dass es nicht immer nur um Daseinsentwürfe geht, die man mehr oder weniger willkürlich entwickelt, sondern darum, dem zu entsprechen, was zutiefst in einem selber ist, dem, was das eigentlich Rufende ist, das, was fordert und fragt."

„Und wenn da nun gar nichts ist?" wende ich ein.

„So etwas gibt es nicht", sagt er, „in jedem ist etwas, die Unterschiede liegen nur im Maß der Bewusstheit, mit der man diesem Vorfindlichen begegnet. Niemand ist sinnlos, niemand muss daran verzweifeln, überflüssig zu sein."

„Aber wenn einem alles so beliebig vor-
kommt?"

„Dann muss man so lange in sich hinein-
horchen, bis das nicht mehr so ist."

„Und wenn man dann immer noch..."

„Dann geht man diese Straße ganz zu Ende. Dort steht dann ein Schild, das sagt:
`Beginn`."

Daher habe ich seit der Pubertät schreiben
wollen. Zwar hat sich schnell herausge-
stellt, dass nicht viele lesen wollen, was ich
zu sagen habe, doch selbstverständlich bin
ich darüber erhaben: Worum geht es denn
dem, der schreibt: Um Resonanz oder darum, das zu gestalten, was ihn drängt? Mein
Geld verdiene ich im Briefzentrum und
meine Existenz erlebe ich im Seitenfüllen,
und so geht das weiter und weiter, bis ich
nicht mehr daran vorübersehen kann, dass
ich auch während der Arbeit, mit der ich
mein Geld verdiene, ab und an über etwas
sprechenkönnen möchte, was nicht mit
neuen Dienstplänen, Entgeltsicherung, Tri-
vialgerüchten über Kollegen und dem aktu-
ellen Kantinenklatsch zu tun hat, zum Beispiel über die amerikanische Außenpolitik,
den Klimawandel oder die Tatsache, dass

es auch im einundzwanzigsten Jahrhundert vielleicht noch Menschen gibt, die nicht in die Kirche gehen, um vor etwas zu fliehen, sondern um dem Transzendenten zu begegnen. Der Arbeitsdruck erhöht sich aber ständig, zumal ich immer älter werde und meine Kräfte abnehmen, ich muss mehr Fahrrad fahren, tiefer eintauchen in die Regenerierung. Aber nur an den Sonnabenden kann ich eine vollgültige Fahrradtour machen, denen kein Postarbeitssonntag folgt, denn mit hundertfünfzig Kilometern während der kalten Jahreszeit in den Beinen und hundertsechzig in der warmen kann ich sonntags nicht arbeiten, das bewältige ich nicht, wenn ich sonntags arbeite, kommt sonnabends nur ein Fahrradausflug von sechzig Kilometern in Frage. Nun geht es mir gut, nun habe ich mein Leben so organisiert, dass es weitgehend unabhängig ist von konjunkturellen Schwankungen, auf die ich keinen Einfluss nehmen kann.

Unglücklicherweise liebe ich einen Menschen, der viel größer, weiter, liebevoller und radikaler ist als ich. Nichts ist in diesem Menschen von vornherein unbelebt, alles kann er fühlen, für viel zu viel muss er sich verantwortlich fühlen. Was heißt `zu viel`? Wer will das messen, wer kann das richten? Wo steht geschrieben, wofür wir verantwortlich sind, wofür nicht, und bedauerlicherweise erweist sich der Satz, dass jeder für alles verantwortlich sei, als mehr als hohl, wenn man einem solchen Menschen begegnet. Denn er erleidet, sich verantwortlich zu wissen, er kann das nicht nur leichthin im Munde führen und weitermachen wie bisher. Er erleidet die Schmerzen eines Meerschweinchens, das krank ist, genauso wie den Lebenskampf einer Rose, die falsch beschnitten worden ist. Er lebt jede Einsamkeit jedes Kindes mit, das ihm begegnet, und er möchte alle Menschen, mit denen er ernsthaft zu tun hat, glücklich wissen. Dabei braucht dieser Mensch bedingungslos, sich geliebt zu fühlen, fühlt er das nicht, hat er nicht die Kraft, weiter zu tragen, was er Tag für Tag trägt. Vollends hoffnungslos wird es, wenn er von einem, zu dem er einmal eine tiefere Beziehung hatte, fallengelassen und mit Vorwürfen konfrontiert wird, die oberflächlich betrachtet plausibel erscheinen, im Tiefsten aber an ihm vorübergehen müssen, weil der Mensch, den ich liebe, niemanden betrügt und niemandem etwas Böses will. Wie kann ich ihn schützen, wie davor bewahren, sich auf eine Weise schuldig zu fühlen, die zu jedem passte, zu ausnahmslos jedem, nur nicht zu ihm? Ich kann es nicht, ich kann nur beten, ich kann mich nur wieder und wieder an den wenden, der alles leicht in seinen Händen hält und fallen lässt, wenn ihm danach ist, ich kann nur mit ihm rechten und argumentieren, ohne mit ihm rechten und argumentieren zu können. Und ich kenne ja alle seine Antworten, ich brauche sie nicht jeden Tag von neuem zu hören: Dass er mir nicht nur den Menschen geschenkt habe, den ich so liebte, sondern auch die Fähigkeit, zu wissen, dass ich niemals verdient haben könne, einen solchen Menschen zu erleben. Dass alles im Leben ambivalent sei, so dass das Schönste gleichzeitig das Furchtbarste sei, was ich sowieso seit Jahrzehnten schon wisse. Was sollen diese Antworten, warum mutet er sie mir zu, er weiß, dass ich sie nicht ernstnehmen kann, weil er allmächtig ist und alles auch ganz anders machen könnte: Zum Beispiel könnte er jeden Menschen, der dem Menschen begegnet, den ich liebe, das Gefühl oder die Einsicht schenken, dankbar zu sein, diesem Menschen begegnen zu dürfen und seine Zartheit und Gefährdetheit mit allen Mitteln schützen zu wollen. Warum macht er manche Menschen so eitel, so eng und so klein, dass sie sich allen Ernstes einbilden zu können meinen, diesem Menschen Vorwürfe machen und mit ihm rechten zu dürfen? Das ist einfach so schwachsinnig, dass es mich immer wieder aggressiv macht, und da ich nicht das richtige Objekt für meine Aggressionen finde, richten sie sich immer wieder gegen den Menschen, den ich liebe. Warum erkennt er nicht, dass niemand so unschuldig ist wie er? Warum wehrt er sich nicht? Warum erwägt er immer wieder die abwegigsten, flachbrüstigsten, idiotischsten Gedanken, obwohl deren Hohlheit von vornherein offenbar ist? Ich bin hilflos, ich bin ohne jedes wirksames Mittel, das ich für den, den ich liebe, einsetzen könnte. Denn wo er denkt, fühle ich, wo ich denke, fühlt er, und vor allem denkt und fühlt er immer wieder auch von anderen her, und damit ist er, wenn jemand ihm nicht traut, verloren, obwohl man nur so Frieden gewinnen und glücklich sein kann: Indem man immer wieder auch vom andern her denkt und fühlt. Aber wie viele haben die Kraft dazu, wie viele halten das aus, ohne auseinanderzubrechen?

Daher bin ich von jeher Schriftsteller gewesen, ein Schriftsteller, der von Anfang an nur e i n Thema hatte: Den Vater der Väter. Und natürlich gehe ich erst einmal von dem aus, von dem jeder aufrechte postmoderne Mensch ausgehen muss: Dass wir nicht wüssten, wie und was und ob er überhaupt sei, und natürlich lässt diese Ausgangsposition keinen Widerspruch zu, weil wir sowieso überhaupt nichts wissen, sondern uns alles nur konstruieren, um uns mit anderen verständigen zu können.

Bedauerlicherweise kann man aber auch eine emotionale Beziehung zum Vater der Väter haben und damit ist jede Grundsatzaussage über ihn wieder hinfällig: Denn man empfindet, erlebt, erleidet ganz anders. Man rechtet mit ihm. Man ist nicht bereit, hinzunehmen, dass er Millionen von Menschen hinschlachtet und es in den heiligen Büchern so zu drehen versucht, als sei nicht er das, sondern wir, die Menschen. Wir sind es aber nicht, weil wir alles, was wir sind, nur durch ihn sein können. Auch diese Aussage aber ist grundfalsch, wenn wir uns unserer selbst bewusst sind, keine Lust haben, an ihn zu denken, sondern lieber an unsere Freundin. Dann wollen wir gar nicht durch ihn sein, sondern nur Teil von Lust, von Liebe, Abenteuer und Neugier auf Neues. Auch das sind wir aber nicht völlig, sondern irgendwann wollen wir auch wieder grundsätzlich geborgen sein, weil wir spüren, dass alle Versuche, im Menschlichen unseren Hunger zu stillen, zu kurz greifen müssen. Also gehen wir in uns und beten und der Gegenstand des Gebets kann eines nur sein: Die Bitte um Ruhe und Frieden. Die wird selbstverständlich höchstens für Bruchteile von Augenblicken erfüllt. Dann ruft schon irgendein wohlmeinender Bekannter an, der sich Sorgen macht, weil man so lange nichts von sich habe hören lassen. Das ernüchtert einen. Statt zu beten, sagt man sich, hätte man längst damit beginnen müssen, in den eigenen menschlichen Beziehungen einmal gründlich aufzuräumen und sich von all den Menschen zu verabschieden, auf die man sich nicht absolut verlassen kann. Und da beginnt man dann auch. Da schreibt man Briefe und führt Telefonate, man hält gleichsam menschliche Inventur und kommt irgendwann zu dem Punkt, an dem alles wieder vieldeutig zu werden scheint: Wo irgendein entfernter Bekannter an das Gewissen appelliert, unfreundliche Worte sagt und man selbst schwankend werden will: Hat man das Recht, den Umgang mit ihm zu beenden, nur weil man weiß, dass die gegenseitige Beziehung nicht tief genug geht, um alle Krisen zu überdauern? Hat man nicht Angst davor, allein zurückzubleiben, wenn man alle menschlichen Beziehungen, in denen man steht, so eingehend prüft? Vor allem bekommt man Angst davor, dass alles so undeutlich wird: Eben hat man noch viele Bekannte und Freunde gehabt und jetzt wird einem bewusst, in wie viel Halbheit und Verdrängung man jahrelang gesteckt hat. So kann es nicht weitergehen. Aber wie anders? Die meisten Menschen haben ganz unterschiedliche psychische Grundlagen und vollends hoffnungslos wird es dadurch, dass die meisten sich dieser Grundlagen nicht bewusst sind und meinen, dass ihre Weltsicht das Eigentlichnormale darstelle. Versucht man, sie auf die Unterschiedlichkeit aller Grundlagen hinzuweisen, reagieren sie mit Befremden und distanzieren sich. Nein. So geht es nicht, ich bin Schriftsteller und einen Vater der Väter hat es niemals gegeben, seit Jahrhunderten ist es allgemeiner Konsens, dass er eine Erfindung herrschender Kreise darstelle, um immer wieder neue Massen von Abhängigen in Schach zu halten. Heutzutage interessiert er niemanden mehr, er ist höchstens noch Tröster für Harmlose oder Teil der Kultur einer gebildeten Mittelschicht, für die der Kirchgang zur Hygiene gehört wie die Körper- oder Autowäsche. Bedauerlicherweise bleibt der Vater der Väter dahinter immer noch als zutiefst Lebendiges übrig. Er ist der, der mir nicht gestattet, zur Ruhe zu kommen, mich immer wieder weiterziehen lässt. Daher stelle ich ihn jetzt zur Rede und lasse mich durch nichts davon abbringen.

„Das ist aber nicht dein Ernst..."

„Wieso nicht?"

„Wie kannst du das fragen? Natürlich ist es das, mein tiefster Ernst…"

„Du weißt genau, dass du nur denken kannst, was ich dich denken lasse. Wenn du also findest, dass wertvolle Menschen ungerechtfertigt leiden, dann findest du das so, weil ich es gestatte. Wenn ich es gestatte, brauchst du aber nicht mehr mit mir zu reden. Ich weiß es ja schon, wie alles andere."

„Natürlich weiß ich das, aber ich rede ja auch nicht mit dir, um dir Neuigkeiten zu sagen, sondern weil ich nicht weiß, wem ich es sonst erzählen sollte. Ich bin ohnmächtig, ich fühle mich einsam, warum soll ich mich dann nicht an den einzigen wenden, der absolut verantwortlich ist?"

„Und wenn du dich nun täuschst?"

„In welcher Beziehung?"

„Wenn ich jedem nun die Freiheit lasse, sich zwischen Falschem und Richtigem, zwischen Gutem und Bösem, zwischen Einfachem und Schwierigem zu entscheiden…"

„Du hast uns gemacht und alles andere, du hast uns Entscheidungsfähigkeit gegeben und Entscheidungsunfähigkeit, also bleibst du immer derjenige, der verantwortlich ist, gleichgültig, in welchem Maße wir scheinbar frei sind oder auch nicht."

„Trotzdem könntest du einfach tun, was du tun musst."

„Das tue ich auch."

„Und das äußert sich wie?"

„Das äußert sich so, dass ich mit dir spreche."

„Aber der Mensch, den du liebst, braucht dich, er fühlt sich leer und verlassen."

„Ich weiß."

„Und?"

„Ich überlege ständig, wie ich ihm helfen kann, ich bin für ihn da, ich versuche alles, was mir möglich ist, damit es ihm besser geht."

„Und warum geht es ihm trotzdem nicht besser?"

„Weil er sich selber zu wenig wert ist."

„Und warum setzt du da nicht an?"

„Das habe ich schon unzählige Male getan und unzählige Male erfolglos."

„Du liebst ihn nicht genug."

„Das ist offensichtlich."

„Und was versuchst du zu verändern?"

„Alles. Ich versuche laut und leise, friedlich und militant zu sein, ich mache Vorschläge und ich zwinge mich zu schweigen, aber der geliebte Mensch fühlt sich verlassen und schuldig, einsam und ausgesetzt."

„Aber da musst du doch..."

„Natürlich."

„Aber da hättest du doch schon längst..."

„Das weiß ich selber."

Daher habe ich erkannt, dass alles, was ich versuche, zum Scheitern verurteilt ist. Ob ich mich von dem geliebten Menschen zurückziehe oder weiterhin versuche, für ihn da zu sein: Es kann keinerlei Unterschied machen. Wenn der geliebte Mensch sich schuldig fühlen muss, muss er sich schuldig fühlen, dahinter bleibe ich mit allem, was ich bin, notwendig zurück, weshalb ich aufgebe und alles laufen lasse. Aber was ist damit gewonnen, wem geht es dadurch besser und vor allem: Habe ich mich dafür so lange gequält? Daher tritt der Mensch, den ich liebe, nach langem Zögern endlich in einen Diskussionsprozess mit sich selber ein und gibt zu, dass jeder nur die Chance hat, echt zu sein: Das verhindert kein Leid, das schließt nicht aus, dass man sich schuldig macht, aber es gibt einem die Möglichkeit, sich wiederzufinden, wenn man in den Spiegel blickt. Und Schuld ist Schuld, sie wird nicht dadurch verändert, dass man aufgibt oder nicht aufgibt, man kann lernen und sich das nächste Mal anders schuldig machen. Man hat keine Chance und trotzdem ist es nicht gleichgültig, wie man sich verhält oder was man tut: Man kann als man selbst schuldig werden oder als Selbstinszenierer. Der, der er selbst ist, kann nicht anders, der, der... in diesem Moment bricht die, die ich liebe, wieder zusammen: Sie sei schuld, dass ihre Familie nicht mehr existiere wie früher, sie könne alles nicht halten, ihr gehe es extrem schlecht und sie rebelliere nicht einmal dagegen, und natürlich sage ich ihr wieder und wieder, dass niemand eine Chance habe, sie zu erreichen, wenn sie sich nicht auch selbst wertvoll und wichtig sei, aber was richtet das aus, da sie ihre Kraft daraus schöpft, geliebt zu werden, und nie daran gearbeitet hat, dahin zu kommen, einzusehen, dass alle Menschen gleich viel wert sind. Das ist alles unwirklich, das sind alles Abstrakta für sie, das dringt nicht zu ihr vor, und daher habe ich mich in ein ganz anderes Kloster zurückgezogen: In dem darf gedacht werden, in dem ist nicht von vornherein vorgegeben, dass der Vater der Väter geliebt und verehrt werden muss, sondern alles ist von vornherein erst einmal leer: Die Räume, in denen gedacht, und die Räume, in denen miteinander gesprochen werden kann. Der Computer- und Telefonraum, in dem die Verbindung zur Außenwelt gehalten wird und vor allem das eigene Innere: Alles ist frei, nichts muss vorgeleistet werden, von einem erträglichen finanziellen Beitrag abgesehen und dem Grundsatz, dass keinerlei körperliche und verbale Gewalt gegen Mitdenkende ausgeübt wird, und hier komme ich wieder schnell zu mir selbst und weiß wie von alleine, dass es keinen Vater der Väter gibt, weil das einfach viel zu anstrengend und mit viel zu vielen Problemen im Umgang mit anderen Menschen verbunden ist: Wer fühlt sich in der digitalisierten und globalisierten Welt nicht veralbert, wenn man ihm damit kommt, dass man einen glaube, aus dem alles sei, der in allem existiere und aus dem niemand herausfal-

66

len könne: Jeder fühlt sich veralbert und man kann von niemandem mehr ernstgenommen werden. Alles ist aus... diese Frage stellt sich gar nicht, sondern alles ist unendlich zersplittert und kann nie wieder zusammengefügt werden: Wie will man die Welt eines Rauchgiftsüchtigen mit der einer Supermarktkassiererin vergleichen, was hat ein Börsenbroker mit einem Arbeiter in der metallverarbeitenden Industrie zu tun, worin besteht die Verbindung zwischen einem Mathematiker und einem Profifußballer? Es gibt unzählige Welten und unzählige Weisen, unzählige Welten zu erleben. Gäbe es einen Vater der Väter, wäre alles viel kongruenter, überschaubarer und geordneter, kein echter Gott würde ein solches Chaos anrichten: Denn wer weiß heute noch, was richtig und was wichtig ist, wer hat eine verlässliche Orientierung für sein Leben und das der Menschen, die ihm etwas bedeuten? Und doch ist die Unbestreitbarkeit von Existenz und Wirksamkeit des Vaters der Väter davon nicht im geringsten betroffen: Er ist, der er ist, und wenn ich ihn noch so sehr zu leugnen versuche, kommt er dahinter doch immer wieder als er selber zurück und behält recht. Denn natürlich kann ich mich über ihn aufregen und rege mich ja auch immer wieder auf und immer wieder über das Gleiche, aber das ändert nichts daran, dass alles aus ihm ist und in ihn zurückgehen wird, so dass der Mensch, den ich liebe, nicht zugrunde gehen darf, für welchen Wunsch es keinerlei Rückversicherung in der Wirklichkeit gibt. Denn wann wäre auf derartiges je Rücksicht genommen worden? Er darf sich nicht aufgeben, weil damit aufgegeben wird, dass Liebe größer ist als Resignation und Mut stärker als Feigheit, und daher ist es Frühling geworden und ich kann wieder dazu übergehen, die Fahrradtouren mindestens hundertsechzig und nicht lediglich mindestens hundertfünfzig Kilometer lang sein zu lassen. Doch schon zu Beginn ist mir klar, dass ich nicht in Form bin. Die Gedanken sind nicht in der Lage, die Beine dazu zu überreden, Lust darauf zu haben, hundertsechzig Kilometer mühelos und freudig zu absolvieren. Aber ich habe ja noch Hoffnung, dass es besser wird, oft hat sich, wenn es hell geworden ist, der Schleier von der Verfassung gezogen und die Radtour erst wirklich begonnen, und so bleibe ich geduldig und horche auf jedes Zeichen in mir, das sich als Wende zum Besseren interpretieren lässt. So viele derartige Zeichen lassen sich aber nicht entdecken, vielmehr nicht einmal ein einziges, so dass wieder einmal das Panorama des Pflegeheims an mir vorüberzieht, in dem ich, geistig noch einigermaßen klar, aber körperlich unaufhaltsam dem Ende zu strebend, darauf warte, nicht mehr zu sein. Nie könnte ich so sterben oder möchte mir doch niemals vorstellen, so können zu sollen, die hundertsechzig Kilometer müssen es einfach noch sein, weil sonst alles zu schnell zu vergehen beginnt, so dass ich es trotz Gegenwindes bis zur Wendemarke im Fläming gut schaffe. Auf der Rückfahrt ist es dann aber vorbei, der Wille fährt, ohne dass ich ihn daran hindern könnte, herunter, das lohnende Ziel fehlt, ich fahre ja nur noch nach Hause, so dass ich alle fünf Kilometer pausieren muss und mir in jeder Pause alle drängenden Probleme dunkel und unbeugsam vor Augen stehen. Vor allem meine nicht vorhandene Notwendigkeit: Ob ich nun trotz meiner schlechten Verfassung diese Radtour noch zu Ende bringe, ohne zuvor gestorben zu sein, oder auch nicht: Es macht keinerlei Unterschied, außer dem Menschen, den ich liebe, nimmt niemand Notiz davon und es kann nichts irgendwo ändern. Und selbst wenn es etwas zu ändern vermöchte: Ich bliebe doch Mensch und würde irgendwann überholt von Besseren oder den neuen Aktualitäten der niemals verharrenden Geschichte. Da ich nicht mehr weiterfahren kann, wenn ich nichts als beliebig bin, fahre ich weiter, weil ich dem Entschluss, losgefahren zu sein und mir ein Ziel gesteckt zu haben, verpflichtet bin. Was ich begonnen habe, muss ich auch zu Ende bringen, so dass ich, obwohl ich es mir immer wieder nicht vorstellen kann und die Beine schon bei kleinen Anstiegen nahezu versagen, doch noch zu Hause eintreffe, allerdings ohne das alles durchströmende Glücksgefühl, es geschafft zu haben, das ich so liebe. Ich fühle nur, es knapp bewältigt und keinerlei Gewähr dafür zu haben, dass es mir noch einmal gelingt, das Gefühl, vom Radfahrer der Radfahrer jederzeit begleitet zu werden, ist verschwunden, nur noch die Gewissheit, dass er ist, ist in mir vorhanden, nicht mehr das lebendige Erleben seiner Allgegenwart, so dass ich resignieren und mich damit abfinden muss, in allem einsam zu sein: In meiner Liebe zu dem geliebten Menschen, in meinem Radfahren und in meiner Beziehung zum Radfahrer der Radfahrer, dem es gefällt, mich die ganze Macht seiner Abwesenheit spüren zu lassen. Wäre ich er, würde ich das nicht tun, ich würde aus der Verantwortung gegenüber allem, was ich erschaffen habe, heraus nichts im Stich lassen und alles so bergen und entwickeln, dass es von allen zumindest als erträglich erlebt werden kann. Doch was weiß ich, was ich dächte und erlebte, wenn ich allmächtig wäre, man hat keine Möglichkeit, sich das auch nur annähernd realistisch vorzustellen, daher denke ich lieber an meine Schwester und wie es möglich sein kann, dass wir uns so weit voneinander entfernt haben, wie es der Fall ist. Wie kann vergehen, dass man so innig zusammen ist, wie wir es waren, als wir gemeinsam in der Kindheit spielten? Wieso hält sich nicht eine gemeinsame Substanz durch alle Veränderungen und Entwicklungen durch, so dass die Beziehung zwar anders wird, aber nicht oberflächlicher, oder gibt es so etwas, nur nicht für meine Schwester und mich? Und wie schafft sie es, so viele Bekannte und Freunde zu haben, wie kann sie so viel Leben aufnehmen, ohne auseinanderzubrechen? Wieso erklärt sie mir dazu nicht wenigstens etwas, so dass ich besser damit umgehen kann? Da ich auf diese Fragen keine Antworten bekomme, ist das die Wahrheit, durch die ich in Zukunft leben werde: Dass es keine Antworten gibt, dass wir alle ständig fragend weiterirren, ohne Hoffnung, Perspektive und Sinn. Wenn das nicht schon so bekannt wäre. Wenn das nicht so einfach zu fassen wäre, dass man darin wohnen kann wie in einem vollklimatisierten Haus, in dem alle Funktionen vom Lichtschalter bis zur Mikrowelle vom Handy aus steuerbar sind. Man braucht sich nicht zu bemühen, man braucht sich nicht anzustrengen, alles läuft von alleine. Daher bin ich nach vielleicht zehn, vielleicht zwölf Jahren wieder Hartwig begegnet, meinem jahrzehntelang besten Freund. Aber er ist völlig verändert. War er früher vital und humorvoll, ein inspirierender und fintenreicher Erzähler, so schlurft er jetzt antriebslos vor sich hin und redet nur, wenn ich ihn frage. Wie es ihm ergangen sei, werfe ich hin, um ein „Gut!" von ihm zu erhalten, „über alle Maßen gut, weil ich nun endgültig weiß, dass das Leben keinen Sinn haben kann. Natürlich: Eine Zeitlang bildet man sich aus Feigheit und Bequemlichkeit ein, eine Funktion, sogar eine Aufgabe zu haben, aber dann hat man nicht mehr die Kraft, sich fortwährend etwas einzureden und gibt zu, dass alles absolut beliebig ist: Ob man im Bett bleibt, um den Tod zu erwarten, oder angepasst an all den Rennen um Geld und Ruhm teilzunehmen: Es macht keinen Unterschied. Es verändert den Lauf nirgendwo, weil geschieht, was geschieht, und wenn nicht, dann etwas andres, was genauso wenig bedeutungsvoll ist."

„Aber Hartwig..."

„Ja, so sagt man. Aber warum? Aus Gleichgültigkeit und um einander zu schonen. Wenn du Interesse an mir hättest, wenn ich dir wirklich wichtig wäre, dann hättest du ja in all den Jahren versucht, den Kontakt zu mir wieder herzustellen. Das hast du offensichtlich nicht getan, und daher brauchst du jetzt nicht so zu tun, als wenn du sehr betroffen seist, dass es mit mir zu Ende geht."

„Du hast kein Recht, dich so gehenzulassen."

„Ach nein?"

„Jeder Mensch hat eine Aufgabe."

„Wer hat dir denn das zugeflüstert?"

„Das ist so."

„Das ist eine eskapistische Behauptung."

„Weil du keine Verantwortung für dich übernehmen willst."

„Verantwortung zu übernehmen, bedeutet nicht notwendig, einen Sinn zu erkennen, einen Sinn zu erkennen, bedeutet nicht notwendig, Verantwortung zu übernehmen."

„Du willst also vergeblich gekämpft haben, all die Jahre vergeblich..."

„Ich habe gar nicht gekämpft."

„Du hast nicht..."

„Ich fand das Leben sinnvoll und jetzt finde ich es nicht mehr sinnvoll, so einfach ist das."

„Aber..."

„Wir haben keinen Einfluss, auf nichts, und deshalb haben wir auch keinen Sinn."

„Worauf willst du denn Einfluss haben?"

„Darauf, dass Menschen sie selber sein können."

„Aber..."

„Da gibt es kein Aber."

„Dazu müsste man erst einmal wissen, wer man ist."

„Auch dafür würde ich sorgen."

„Wodurch?"

„Durch einen Fragebogen."

„Dann fang mal an."

„Was dominiert in dir?"

„Der Glauben."

„Was glaubst du?"

„Ich glaube, dass alles aus einer einzigen allmächtigen Ursache ist, die alles jederzeit trägt und nichts je im Stich lässt."

„Und was tust du damit?"

„Ich bin ratlos."

„Und warum?"

„Das ist doch kein Fragebogen."

„Das ist doch keine sinnvolle Antwort."

„Ich bin ratlos, weil ich nur selten erkenne, dass alles von dieser Ursache getragen wird und mir ihrer dennoch gewiss bin."

„Liebst du?"

„Ja."

„Trägt dich das?"

„Es trägt mich, einen Menschen zu fühlen, von dem ich weiß, dass er zutiefst sinnvoll ist, es trägt mich nicht, immer wieder Angst um ihn zu haben."

„Kannst du Perspektive erkennen?"

„Ich sehe, dass es immer Menschen geben wird, die für das eintreten, was gut, wahr und richtig ist."

„Was ist gut, wahr und richtig?"

„Es ist gut, Hingabe über Resignation zu stellen."

„Was tust du, wenn dir ein Mensch begegnet, der nicht mehr weiterweiß?"

„Ich versuche, den Grund herauszufinden."

„Und wenn du nichts findest?"

„Bringe ich ihn ins Krankenhaus."

„Und wenn er da nicht hin will?"

„Nehme ich ihn mit mir nach Hause."

„Und dann?"

„Sprechen wir ganz viel miteinander. Dann versuche ich ihn kennenzulernen."

„Und wenn er dir unsympathisch ist?"

„Dann weiß er trotzdem nicht weiter."

„Und dann?"

„Vertraue ich darauf, dass die Antwort der Antwort mir hilft."

„Wer?"

„Der, der jedem helfen kann und niemanden jemals im Stich lässt."

„Und wenn er dann immer noch nicht weiterweiß?"

„Dann sage ich ihm, dass er geliebt wird."

„Von wem?"

„Von der Antwort der Antwort."

„Was ist eine Liebe wert, die man nicht spürt?"

„Sie ist da."

„Und?"

„Jede existierende Liebe bewirkt mehr als eine nicht existierende."

„Und dann?"

„Mache ich Abendbrot."

„Was gibt es denn?"

„Belegte Brote, Obst, Joghurt, schwarzen Tee."

„Schwarzer Tee am Abend?"

„Eine lange Nacht liegt noch vor uns, eine Nacht, in der der Mensch, der nicht mehr weiterweiß, erkennt, dass er genauso viel wert ist wie jeder beliebige andere. So hat er das noch nie gesehen. Und daher bittet er mich, die Videos mit den alten Siegen seines Lieblingsfußballvereins sehen zu dürfen."

„Wieso besitzt du die denn?"

„Weil es auch mein Lieblingsverein ist."

„Das ist ein völlig unglaubwürdiger Zufall."

„Warum?"

„Wer stellt hier die Fragen?"

„Entschuldige bitte."

„Und dann?"

„Geht die Nacht vorbei und am nächsten Morgen weiß der Mensch, der nicht mehr weiterwusste, dass niemand so liebt wie er."

„So plötzlich?"

„Wieso das so ist, weiß er wahrscheinlich nicht einmal selbst. Aber dass es so ist, ist ihm gewiss, und da das so ist..."

„Sag es nicht."

„Was denn?"

„Ich möchte jetzt gehen."

„Natürlich."

„Ich weiß schon, warum wir so lange keinen Kontakt mehr zueinander hatten."

„Das ist ja schön für dich."

Daher ist endgültig alles vorüber. Die letzte Tür ist zugeschlagen und es bleibt nur noch, zu akzeptieren, dass lediglich das Warten auf das Ende kommt.

Bedauerlicherweise legt sich direkt gegenüber einer eine Schlinge um den Hals. Er steht auf einem Hocker, von dem er offensichtlich eher sofort als bald herunterspringen will.

„Halt!" rufe ich und halte den Hocker mit beiden Händen fest.

„Dazu hast du kein Recht", sagt er und blickt mich an.

„Das stimmt", sage ich, „spielt aber keine Rolle, weil ich weiß, dass du Menschen intuitiv erfassen und ihnen ihren Weg zeigen kannst. Das ist eine seltene und wertvolle Begabung, die du nicht einfach wegwerfen darfst. Daher musst du aushalten, dass ich mich in Dinge einmische, die mich eigentlich nichts angehen."

„Und das soll mich jetzt beeindrucken? Erstens habe ich keinerlei Begabung und zweitens widern mich Menschen einfach nur an. Guck dir doch an, womit sie sich befassen und wie sie sich verschwenden. Damit will ich nichts zu tun haben. Entweder sind sie so dumm, dass man Schüttelfrost bekommt und fast zu der Meinung gelangt, dass es auch schon wieder eine Begabung ist, so extrem dumm zu sein, oder sie sind so eitel und überschätzen sich so, dass man sich übergeben würde, wenn man sich nicht auch davor ekelte. Warum lebt jeder nicht einfach das, was er am besten kann und was in ihm dominiert? Aber auch das ist ja keine Lösung. Denn wer vor allem dumm ist, lebt ja dann seine Dummheit und der Eitle seine Eitelkeit, statt zu gucken, ob er nicht vielleicht auch noch andere Möglichkeiten hat. Aber wer hat die schon? Sind wir nicht alle in uns gefangen? Und welches Recht habe ich, angewidert zu sein? Sollte ich mit meiner Kritik nicht bei mir selber beginnen, bei mir und niemand anderem sonst? So, und jetzt lässt du den Hocker los oder ich werde ungemütlich."

„Nein."

„Wie lange wollen wir das Spiel jetzt spielen?"

„So lange, bis du einsiehst, dass du Unrecht hast."

„Wenn ich mich jetzt nicht umbringe, dann eben morgen. Oder übermorgen. Oder in drei Tagen. Im übrigen: Glaubst du wirklich, dass jemand Unrecht haben kann? Dass es so etwas gibt wie die eine unbestechliche, bedingungslose Instanz, von der aus jeder sich fraglos eingliedern und beurteilen kann? Ich habe Unrecht, weil ich mich umbringen will, und du hast recht, weil du das verhindern möchtest und etwas in mir zu sehen meinst, was nie mehr als Vermutung sein kann? Und dir kommen niemals Zweifel daran? Du denkst nie, dass es ganz einfach so ist, dass alles ein einziges großes, unendlich vielgestaltiges Chaos ist, in dem alles ein gleichgroßes Recht hat, weil es niemanden gibt, der glaubwürdig und allgemeinverbindlich festlegt, was Recht und was Unrecht ist, so dass..."

„Ich weiß, dass es sinnlos ist, wenn du dich umbringst, ich weiß, dass du dich verschwendest."

„Und ich weiß, dass du dich überhebst. Niemandem steht es zu, sich in Grundentscheidungen eines anderen Menschen einzumischen. Niemand kann ermessen, was ein anderer Mensch leidet, und deswegen hat auch niemand das Recht, einem anderen in seine ureigensten Angelegenheiten hineinzureden, schon gar nicht..."

„Du musst dich morgen umbringen."

„Dann bringe ich mich eben morgen um."
„Morgen ist es genauso sinnlos wie heute."
„Das sagst du, weil du keine Ahnung hast und nicht tief genug blickst. Leben ist kein Wert an sich, jeder Mensch hat sein eigenes persönliches Niveau, das nicht unterschritten werden darf, wenn er nicht tödlich beleidigt werden soll. Du würdest dich auch wehren, wenn jemand versuchte, dich zu zwingen, dein Niveau zu unterschreiten..."
„Und dieses Niveau ist unverrücklich...?"
„Es gibt ein unverrückliches Minimum..."
„Das sich nicht entwickeln kann...?"
„Du versuchst nur, mich dusslig zu quatschen. Du versuchst nur, Zeit zu gewinnen. Aber wozu? Wir haben uns doch geeinigt, dass ich mich erst morgen umbringe. Und dann musst du nicht mehr dabei sein."
„Leider trägst du Verantwortung anderen gegenüber, weil du sie spürst. Du kannst ihnen helfen, sie weiterbringen. Deswegen darfst du dich nicht umbringen."
„Also sterben nur Menschen, die nichts mehr zu geben haben?"
„Diese Frage ist nicht aufrichtig, weil es ein Unterschied ist, ob ich unheilbar an Krebs erkranke, bei einem Verkehrsunfall um-

82

komme... oder mutwillig wegwerfe, wozu ich eigentlich da bin."

„Du maßt dir an, zu wissen, wofür ich da bin, gerade du, der ständig nur flieht? Der allem immer wieder nur ausweicht und fortwährend neue Nischen sucht? Du wirst aber keine neuen Nischen mehr finden, du kannst nicht..."

Daher bin ich endlich so weit, dem Menschen, den ich liebe, nahezubringen, dass er ohne mich besser leben kann als mit mir. Die Ressourcen, die mich Leben ertragen lassen, sind nicht seine, er hat keine enge Beziehung zum Vater der Väter, sondern ist auf ein enges Netz von Beziehungen zu Menschen gewiesen, die ihn zwar nicht bedingungslos tragen, aber nett zu ihm sind. Daher mache ich diesem Menschen klar, dass ihn die Beziehung zu mir nur in eine Sackgasse führt. Unglücklicherweise lässt er sich nicht überzeugen, sondern unterstellt mir, mich zurückziehen zu wollen und ihn nicht mehr zu lieben. Da nichts falscher ist als das, bin ich endlich imstande, mich vor dem Vater der Väter zu emanzipieren. Dass ich nichts mehr mit ihm zu tun haben wolle, sage ich ihm, weil meine Beziehung zu ihm mein ohnehin schon nicht zureichend lebbares Leben endgültig unlebbar mache, indem er mich immer dann, wenn ich auf ihn am dringendsten angewiesen sei, im Stich lasse und seine Allmacht zynisch missbrauche, weil es immer wieder nur darauf hinauslaufe, dass er der Unnahbare und Unverständliche sei, der es nicht nötig habe, so für die da zu sein, die er gemacht habe und jederzeit trage, dass sie es auch erlebten und verständen. Und selbstverständlich reagiert der Vater der Väter auf diese, meine Einlassungen so, wie ich es schon lange erwartet habe: Er bekommt ein dezidiert schlechtes Gewissen, erkennt, sich seit Jahrhunderten falsch verhalten zu haben, und erklärt mir minutiös und allgemeinverständlich, wozu ich lebe. Reicht mir das, bin ich bereit, ihm eine letzte Chance zu geben, oder halte ich meinen Entschluss aufrecht, mich endgültig von ihm zurückzuziehen? Da sich diese Fragen bedauerlicherweise nicht stellen, weil der Vater der Väter nicht allgemeinverständlich mit mir spricht und schon gar nicht einsichtig und reuig, besuche ich endlich einmal meinen Jugendfreund A., der als Pfarrer in einem kleinen Ort an der Landesgrenze wohnt. Schon am Telefon freut er sich so, etwas von mir zu hören, dass ich fast zu gerührt bin, um zu ihm zu fahren. Als ich dann aber in seinem Wohnzimmer sitze, vor mir Kaffee und Kuchen, und höre, dass er sich für mich zwei Stunden freigehalten hat, die nur durch dringende Fälle sabotiert werden könnten, bringe ich fast kein Wort heraus. Er ist zufrieden, er ist eins mit sich und dem Vater der Väter, das ist auf den ersten Blick deutlich, er hadert nicht damit, einem fernen Unverständlichen hoffnungslos unterstellt zu sein, sondern lebt ihn vielfältiger und vor allem viel gelassener als ich: Der Vater der Väter hat ihn an den Ort gestellt, an den er gehört, er legt ihm zwar auch Aufgaben auf, die zu schwer für ihn sind, aber nicht nur und vor allem nicht ständig. Er lebt ungewöhnlich enge Beziehungen zu ungewöhnlich vielen Gliedern seiner Gemeinde, kennt die meisten Familien nicht nur von Gottesdiensten, sondern auch von Festen, Einzelgesprächen und Wochenendfahrten in die Umgebung. Wieso darf nicht jeder leben wie A., warum bleiben so viele jeder Erfüllung ihrer selbst so fern, dass sie hoffnungslos sterben? Das frage ich A. Woher ich das wisse, fragt er zurück. Woher ich was wisse, frage ich ihn. Woher ich wisse, dass so viele unerfüllt lebten, ob ich sie alle kennte. Dass ich nicht alle Menschen kennte, sage ich, und trotzdem wisse, dass alle irgendwann stürben, dass es ein schwaches Argument gegen das Vorhandensein offensichtlicher Realitäten bilde, sich hinter individuelle Begrenztheit zurückzuziehen, um unliebsame Wahrheiten leugnen zu können. Dass er mal einen Elfjährigen beim Sterben begleitet habe, sagt A., dass er große Scheu vor diesem Jungen und es am liebsten gehabt hätte, nichts mit ihm zu tun zu haben, dass es aber der ausdrückliche Wunsch des Jungen gewesen sei, zu im übrigen fest verabredeten Zeiten mit ihm sprechen zu können, welchem Wunsch er sich ja schlecht hätte entziehen können. Ob ich meinte, dass es möglich sei, vor der Zeit zu sterben, habe der Junge ihn bereits bei ihrer ersten Begegnung gefragt und damit so überrascht, dass er nicht habe antworten können. Dass er um eine Antwort bitte, habe der Junge gesagt, weil er sich selbst

86

gewiss sei, dass jeder so lange lebe, wie er die Aufgabe, für die er da sei, noch nicht erfüllt habe. Ob ich meinte, dass diese, seine Gewissheit auf Illusionen beruhe? Daraufhin habe er, A., wiederum nichts sagen können, zumal er gewusst habe, dass der Junge als Hochbegabter ein Jahr später sein Abitur habe ablegen sollen, wozu es wegen seiner Krebserkrankung dann aber nicht mehr gekommen sei. Dass er, habe er dann begonnen... sei aber von dem Jungen bereits durch einen Blick sowie die Bemerkung zum Schweigen gebracht worden, dass er es sich nicht leisten könne, mit Trost oder anderen Leichtverdaulichkeiten abgespeist zu werden. Dass er es nicht wisse, habe er dann endlich geantwortet, dass sein, A.s, Erleben dahin gehe, dass wahr sei, was authentische Menschen als wahr erlebten, so dass durchaus nebeneinander als wahr existieren könne, was sich sowohl existentiell als auch logisch absolut ausschließe, woraufhin der Junge seine Hand genommen und gedrückt habe.

Habe ich A. jemals wirklich gekannt, mit ihm jemals etwas gelebt, was als gegenseitige Beziehung bezeichnet werden könnte?

Habe ich jemals einen Freund gehabt oder sind mir Jungs und Männer nicht von jeher fremd geblieben, weil ich zu ihnen keinen inneren Kontakt herstellen konnte, der notwendig gewesen wäre, um zu vergessen, dass sie mir eigentlich immer zu einfach und zu grobschlächtig sind? Nein, ich habe mir von jeher nur etwas vorgemacht: Weder gibt es echte menschliche Beziehungen noch ein Bedürfnis, in und mit Wahrheit zu leben, alles ist zufällig, absurd und aus irgendwelchen unerfindlichen chemischen Verbindungen gemacht. Daher fühle ich mich zum ersten Mal seit langer Zeit vollkommen frei. Ich erinnere mich, atme tief durch und weiß unentreißbar sicher, dass ich auch dann in der Hand des inakzeptablen allmächtigen Vaters der Väter bleibe, der nicht und niemanden je im Stich lässt, wenn ich mir unüberbietbar tief gewiss bin, alles sei in zufälligster Absurdität trivial leicht gegründet.

Jagd

„Glauben Sie nicht, dass ich hier bin", sagte sie und blickte den Therapeuten an, „wenn ich erfahre, dass Sie irgendeinem Menschen erzählt haben, dass ich hier war oder sogar, was ich Ihnen... werden Sie wünschen, niemals geboren worden zu sein. Das garantiere ich Ihnen."

„Selbstverständlich wird niemand...", begann der Therapeut.

„Und ich bin auch gar nicht hier", sagte sie, stand auf, ging zum Fenster und blickte weit über die Stadt, „ich glaube nicht an Therapien und Reden und Heilen und Analysieren und all diesen Quatsch. Ich bin nur zu voll und zu viel, ich muss es nur einmal alles irgendjemandem sagen und dann nie, nie, nie wieder, und wenn Sie das ablehnen oder unmöglich finden oder wie oder was, dann können Sie das jetzt sagen und dann bin ich sofort weg. Aber wenn nicht, dann müssen Sie mir zuhören, und zwar bedingungslos."

„Ich sagte doch schon, dass ich zwei Tage lang keine weiteren Klienten..."

„Vor allem unterbrechen Sie mich nicht. Dieses eine Mal will ich reden können, wie ich will, Sie lassen mich reden, und wenn das nicht möglich ist, bin ich sofort wieder draußen."

„Selbstverständlich."

„Sind Sie gefragt?"

„Na hören Sie mal..."

„Wie lange leben wir? Und wie lange sind wir, bevor wir beginnen zu sein und nachdem wir tot sind, nur nicht mehr da? Unheimlich wenig Zeit haben wir für unheimlich viele Sachen, die ich alle zugleich will. Wenn ich einen verletzten Vogel auf der Straße finde, will ich eigentlich nur noch für ihn da sein und nur noch, dass es ihm gut geht, und zwar für immer. Aber ich möchte auch Nächte durchtanzen und eins mit allem sein und nur noch Rausch und Bewegung und gar nichts. Was sind Sorgen? Was sind Gedanken? Was ist Morgen und Gestern? Sind wir dazu da, klein zu sein und uns mit Dingen zu beschweren, die unwichtig sind? Wie viele Wirklichkeiten gibt es, wie viele wundervolle Realitäten? Hat einer eine Ahnung davon? Und wer kann sagen, welche davon wertvoller ist als eine andre? Dieses ganze Differenzieren und Das - ist - schlechter - als - andres, das ist alles nur Scheiße. Das ist alles Feigheit, Enge und gar nichts. Wir sind dazu da, stark und mutig und alles zu sein. Sonst hat alles gar keinen Sinn."

„Aber sollten Sie nicht...?"

„Ja, damit kommt ihr dann immer, darin seid ihr dann groß. Dabei bist du gar nicht gefragt oder kannst du dich daran erinnern, dass ich dich gefragt hätte? Aber man soll gar nichts, man muss auch nichts, man ist nur man selbst, und wenn du das nicht spürst, wenn du das nicht weißt mit allem, was du erleidest, dann ist dir nicht zu helfen. Natürlich kannst du sollen, wenn dir danach ist. Wenn du so klein bist: Bitte schön. Aber niemand muss klein sein, wir alle dürfen wachsen, wir alle können neugierig sein und Lust haben, ja, so viel Lust. Nein, so hast du mich nicht anzusehen, komm mir nicht mit dieser Männerscheiße, dann bin ich sofort draußen. Was i h r immer denkt. Was ihr euch einbildet. Was ihr euch aufbaut und nicht mitbekommt, dass es nur in euch existiert. Lust ist nicht Ficken, Lust ist das, was alles umfasst, das

Einssein mit allen Menschen, allen Tieren, allen Sachen. Ihr seid ja so armselig, so bemitleidenswert, so kümmerlich klein. Und ihr traut euch nicht heraus aus eurer Kleinwüchsigkeit, ihr könntet ja dem Leben begegnen, und wer weiß, ob euch das so groß und so bedeutend fände, wie ihr euch selbst finden wollt. Wir stützen euch aber nicht mehr, wir sind nicht mehr bereit, euch weiter in dem Glauben zu lassen, dass eure Enge Weite sei, eure Feigheit Stärke, eure Mickrigkeit Vitalität. Ihr seid, wie ihr seid, und müsst selbst damit klarkommen. Lust ist etwas ganz andres, Lust ist, den frühen Frühlingstag, wenn alles erst keimt oder zartgrün hervorschaut, tief in sich einzusaugen und mit dem Auto einfach loszufahren, mit offenen Fenstern, irgendwohin. Lust ist, auf der Bühne alles zu geben, eins zu sein mit der Figur, die man darstellt, und mit den Leuten, die unten sitzen und die man nicht sieht. Lust ist, nicht mehr denken und nicht mehr wollen zu müssen."

„Aber ich frage mich doch, warum Sie hier sind, wenn Sie wo weit und so stark sind."

„Sie wagen es, mich so anzusprechen, gerade Sie, und wer sind Sie? Wo nehmen

Sie das Recht her, woher die Überheblichkeit, woher den Mut? Meinen Sie, ich sei frustriert, meinen Sie das? Ich sei wie diese vielen namenlosen Menschen, die hier zu Ihnen kommen, weil sie nicht mehr weiterwissen und glauben, Sie hätten irgendeine Wahrheit, über die sie nicht schon selber verfügten? Ich bin nicht frustriert und Sie haben keine Wahrheit für mich, meinen Sie, ich wüsste das nicht? Es gibt keine Wahrheit, aber es gibt Persönlichkeit. Es gibt Menschen, die etwas haben, was so nur sie haben können, sogar Männer gibt es, die so sind, ja, sogar Männer. Die bereit sind, sich voll für einen einzusetzen, ohne gleich mit einem ins Bett zu wollen. Die einfach s i n d. Aber davon wissen Sie nichts, Ihr Weltbild ist klein und verbogen, Sie meinen, es gebe nur Gewinner und Verlierer und die Gewinner seien die, die mit wenig Aufwand viel Geld zusammenbetrögen. Aber es gibt auch noch Wirkliches, Menschen, die für das leben, was sie tun, die durchdrungen sind, unabhängig davon, ob sie umschmeichelt werden und die großen Posten bekleiden. Es gibt Regisseure, deren Filme nur eine Handvoll Leute kennen, und die doch wirklicher sind, als Sie je sein werden: Weil sie etwas Wirkliches machen, weil sie eine Vision haben und diese umzusetzen versuchen."

„Es geht hier nicht um mich."

„Nein, allerdings nicht, und es wäre großartig, wenn Sie sich danach verhielten. Es wird, es kann nie nach Ihnen gehen, weil Sie nichts Schöpferisches haben, Sie setzen sich auf das Aas anderer Menschen und werden fett und satt davon. Das schlimmste aber ist, dass Ihnen das nicht einmal etwas ausmacht. Sie leiden nicht darunter, ein Nichts zu sein, im Gegenteil, Sie genießen es noch und dadurch haben Sie keine Chance, jemals etwas andres zu sein. Es geht nicht um Erfolg: Dass Sie das nicht begreifen. Es geht nicht um Anerkennung: Dass Sie das nicht selber empfinden. Es geht darum, der Vision vom Leben, von der man durchdrungen ist, möglichst nahe zu kommen. Aber was wissen Sie von Visionen, Menschen, die an etwas glauben, Menschen, die von etwas gezwungen werden, sind für Sie ja nur Spinner. Sie wissen nicht, dass es Welten in den Welten gibt, dass jeder Mensch ein Kosmos ist, den Sie nie zu Ende kennen werden. Sie meinen, es gebe Methoden, mit denen man das Wirkliche bewältigen könne. Ihre Methoden taugen nur für Klischees, da, wo Sie auf wirkliche Menschen treffen, müssen Sie kläglich versagen. Was tun Sie mit einem Menschen, dessen Traum es ist, König zu sein? Sagen Sie ihm, dass es kaum noch Könige gebe, die über nennenswerte Macht verfügten, oder erklären Sie ihn wieder gleich zu einem Phantasten? Aber er will König sein, nichts weiter als das, und alles, was er ist, ordnet er darauf hin, und was sagen Sie ihm nun? Dass man König von Geburt an sein müsse oder es werden könne durch besondere Leistung, die Sie bei ihm aber nicht ausmachen könnten? Aber er will König sein und es interessiert ihn nicht, ob Sie ihn für einen Schauspieler oder für einen Computerexperten halten, er will König sein und Sie erreichen ihn nicht, wenn Sie..."

„Ich habe verstanden: Ich bin ein Nichts und alle Menschen, die sind wie Sie oder noch besser: die Sie kennen und verehren, sind mindestens Könige, aber eher sicherlich doch Kaiser."

„Sie haben nichts verstanden, überhaupt nichts, Sie denken, es gehe immer nur um Eitelkeit und Auf – andre – Herabsehen. Aber das ist alles nur Schwachsinn, das ist gar nichts, höchstens Material dafür, lebendig zu sein. Es ist einfach alles zu wenig, nein, eigentlich nicht zu wenig, sondern zu eng. Natürlich will ich gerne Kinder, viele Kinder, Kinder, die offen aufwachsen und sich nicht einpressen lassen in irgendwelche ferngesteuerten Systeme wirtschaftlicher Notwendigkeit und modischen Schnickschnacks. Aber was heißt das? Und ist das alles? Oder will ich nicht auch was für mich? Aber habe ich das Recht, von meinen Kindern geliebt zu werden, und vor allem: Was tue ich, wenn ich mich von ihnen nicht geliebt fühle? Bin ich dann auch noch bedingungslos für sie da, und was tue ich, wenn ich spüre, dass sie gehen müssen, dass sie ganz selbstständig sind: Wie verkrafte ich das, ohne ungerecht gegen sie zu werden, und vor allem: Werde ich nicht immer Schuldgefühle haben? Denn mit etwas verrät man Kinder doch immer: Mit dem Beruf, mit den Männern, mit der eigenen gefühlsmäßigen Unzuverlässigkeit:

Denn will man immer Mutter sein? Will man irgendetwas überhaupt ständig und immer sein oder nicht immer wieder auch weit weg und in keiner Rolle und keiner Verantwortung und keiner Erwartung – darf man das aber, wenn man Kinder hat? Und was tut man, wenn sie erwachsen sind und man spürt, dass man ihnen lästig wird, dass sie einen immer wieder so verzeihend anblicken, nachsichtig, lange, bevor man ins Pflegeheim abgeschoben worden ist oder in den alljährlichen weihnachtlichen Pflichtbesuch? Und auch jeder Beruf ist zu eng. Man müsste die Möglichkeit haben im Laufe seines Lebens, dreißig, vierzig Berufe unterschiedlichster Art ausüben zu können, ohne groß darum kämpfen zu müssen. Ich möchte Ärztin und Schauspielerin sein, ich möchte Schriftstellerin und Entwicklungshelferin sein, ich möchte eine Tierklinik leiten und eine völlig neue Art von Schulen aufmachen: Eine, in der die je unterschiedliche Kreativität der Kinder entwickelt und gefördert wird, eine, in der sie zu selbstbewussten, gebildeten, kritikfähigen Menschen heranwachsen und nicht einfach nur das Material sind, aus dem die Wirtschaft ihre Arbeitskräfte macht. Und vor allem ist alles mit Männern so eng. Natürlich sollte man nur Frauen lieben, weil man sie auch ernstnehmen kann und sie einfach mehr Persönlichkeit haben als Männer, aber was tut man, wenn man sich mehr zu Männern hingezogen fühlt und sich eigentlich danach sehnt, bei ihnen aufgehoben zu sein und verstanden zu werden? Aber Männer sind immer nur Kinder. Wo man sie liebt, wollen sie bewundert werden. Wo man sie braucht, wollen sie, dass man ihre Eitelkeit streichelt. Warum können sie nicht einfach Partner sein, warum bekommt man mit jedem Mann irgendwann das Gefühl, ihn erziehen und verändern zu müssen, wenn man ihn ertragenkönnen will, man kann aber keinen Mann verändern, sie beharren auf sich, weil sie solche Angst haben und noch größere davor, sie sich einzugestehen. Sie haben Angst davor, dass erkannt werden könnte, wie unscheinbar sie sind, klein, unwichtig, langweilig und leicht zu vergessen. Aber alles könnte noch gut ausgehen, sie könnten sogar dauerhaft begehrenswert sein, wenn sie wenigstens imstande wären, das zuzugeben, aber nein:

Sie müssen sich dehnen und blähen, strecken und immerzu Nebel werfen, immerzu Nebel. Keiner soll merken, dass sie so mickrig sind, so langweilig und vor allem: dass sie so viel Angst haben, nur so viel Angst. Nein. Wenn ich die Wahl hätte, eine Frau oder einen Mann zu lieben, würde ich immer die Frau wählen, da mag sie so zickig sein, wie sie denn will. Aber ich liebe nun mal keine Frauen, ich kann es nicht, verstehen Sie das? Am besten, man liebt gar nicht, man erkennt einfach nur, man stellt fest und findet sich einfach nur ab. Aber kann man dann nicht gleich tot sein? Darf nicht nur resignieren, wer nicht mehr ist, heißt nicht leben: Kämpfen, kämpfen um das, was man ist? Aber sagen Sie, Alter, sind Sie noch da?"

„Selbstverständlich. Selbstverständlich, nur fällt es mir schwer..."

„Aber zum Glück kann ich ja verreisen. Was sind schon Männer? Höchstens nette Begleitepisoden, aber im Ausland zu sein und eine neue Sprache einfach dadurch zu lernen, dass man hört und spricht, ist etwas ganz andres. Und die ganz andren Farben, das Licht! Sind Sie schon einmal in Südfrankreich gewesen? Oder in Norwegen? Man müsste unaufhörlich reisen können. Warum ist alles so limitiert, warum bin ich so eng? Wieso dürfen Menschen so tun, als kennten sie uns? In China bin ich ein anderer Mensch als in den österreichischen Bergen, wenn ich mit dem Fahrrad von Berlin aus nach Kopenhagen fahre, habe ich nichts mit der zu tun, die eine Chorreise nach Israel macht. Sprechen Sie eigentlich noch mit mir? Warum lassen Sie sich nicht auf mich ein? Was ist mit Ihnen? Meinen Sie, das verantworten zu können?"

„Ich finde es bewundernswert, was Sie sagen, und auch völlig richtig, ich habe nur überhaupt nichts dazu beizutragen..."

„Sie sind niemals verreist?"

„Doch, doch, natürlich, aber nicht in so viele Länder und dann auch meist, wenn ich es recht bedenke, nur so als Flucht..."

„Na und? Und welche Wirklichkeit ist denn auch so, dass man nicht immer wieder vor ihr fliehen möchte? Und jedes Land ist genauso. In dem Moment, in dem etwas irgendwie zur Gewohnheit wird, sollte man weiterziehen können. Obwohl ich eigentlich auch Heimat brauche, aber richtig. Heimat, ein Haus, das ich schön finde, einen riesigen Garten und die Gemeinschaft mit Menschen, die ich liebe und die mich durch ihre Ansprüche nicht einzuengen versuchen. Aber wo begegnet man denen? Ich bin mal mit einem Mann vier Wochen durch Schweden gewandert, das war wirklich schön, aber doch nur deshalb, weil wir beide wussten, dass wir uns nach diesen vier Wochen vielleicht niemals wiedersehen werden. Und mit den Chinesen ist es auch gut, aber das hängt ja nur damit zusammen, dass ein Europäer sie nicht versteht und ihre höfliche, freundliche Art und vor allem ihre Mimik nicht zu deuten vermag. Jeder müsste Weltbürger sein und mindestens sechs wichtige Sprachen sprechen. Aber wie realistisch ist das? Setzt, Weltbürger zu sein, nicht ein ungeheures Maß an Bildung und Offenheit voraus, denn wie viele Kulturen gibt es auf der Erde, wie viele unterschiedliche Stämme allein in Afghanistan? Und wenn man sechs Sprachen spricht: Was ist damit gewonnen? Mit wie vielen Millionen von Menschen hat man dann trotzdem nicht den geringsten Kontakt? Aber ohne Reisen kann man kein

Mensch sein, darauf, fünfzig Berufe auszuüben, kann man vielleicht noch verzichten, aber darauf, immer wieder neue Länder kennenzulernen und immer wieder andere Arten zu reisen, mit Sicherheit nicht. Sind Sie schon mal mit Interrail gefahren und - sagen wir mal - drei Nächte hintereinander mit ganz wenig Schlaf? Man braucht kein Rauschgift zu nehmen, man braucht sich nicht mit Alkohol zuzudröhnen, um in völlig andre Welten einzutauchen. Alles ist wie hinter vielen Scheiben und doch unendlich nahe, die Menschen, die Städte, die Landschaften, der eigene Kopf – alles ist ein einziges unförmiges Vakuum, das man abschütteln und doch nie verlassen will. Denn man hat keinen Willen mehr, man fließt nur noch mit, und wenn der Mensch, den man am meisten hasst, zu einem sagt, er biete einem ein Bett für zehn Stunden Schlaf, lässt man sich bedingungslos fallen. Auf Reisen wird klar, dass es keine Werte gibt, dass alles, woran man sich hält, willkürliche Setzung ist, die jederzeit durch andres ersetzt werden kann, es gibt keine Werte, weil unzählige Länder unzählige unterschiedliche Wertesysteme haben – und wer will sagen, welches gilt und welches nicht? Und wie erfolgreich war jemals die Koexistenz all dieser unterschiedlichen Systeme? Immer hat nur der Mächtige gesiegt, der Rücksichtslose, der Unreflektierte..."

„Aber worauf wollen Sie eigentlich hinaus?" fragte der Therapeut und strich sich mit einer Hand über das Haar.

„Worauf ich hinauswill?" fragte sie und lächelte, „ich will darauf hinaus, dass ich ja durchaus Mitleid mit Ihnen habe. Und Sie haben vielleicht auch nicht gewusst und schon gar nicht geplant, dass es so mit Ihnen wird. Vielleicht haben Sie sich unter Ihrem Beruf auch etwas ganz anderes vorgestellt, etwas Richtiges und auch irgendwelche hehren Ziele gehabt: Menschen zu helfen, zum Beispiel, oder sie besser zu verstehen oder... und Sie hatten vielleicht gar nicht vor, sich einlullen zu lassen. Aber ist das eine Entschuldigung? Sind Sie nicht selber manchmal erschrocken, wenn Sie morgens in den Spiegel schauen? `Das soll ich sein? Dieser Mülleimer für anderer Leute Seelenergüsse?` Wo ist Ihre Spontaneität geblieben, Ihre Neugierde, Ihre Lust am Augenblick? Spüren Sie nicht, dass Sie bereits eine feine Staubschicht bedeckt? Wenn Sie sterben, werden Sie wahrscheinlich schon völlig von ihr bedeckt sein. Natürlich: Sie verdienen gut. Aber ist es das wert? Ist es das wert, dass Sie sich für niemanden mehr wirklich interessieren und alles nur noch an sich vorbeilaufen lassen? Es geht auch anders, ganz, ganz anders sogar, in Malaga hat mal der Bankangestellte, der mich gerade bediente, von einem Moment auf den nächsten seinen Arbeitsplatz am Schalter verlassen und ist mit mir in eine Bodega gegangen. Gut, er wollte mich heiraten, was eine nicht so prickelnde Idee war, aber sonst war er süß und hat mir an diesem Tag ganz viel von der Stadt gezeigt. Können Sie sich vorstellen, etwas Vergleichbares zu tun? Stört Sie das Krachen des Sargdeckels nicht, der sich jeden Tag von neuem über Ihnen schließt? Man muss jeden Tag von neuem offen und zu allem bereit sein. In Yad Vashem, in Israel, hatte ich mal ein Gespräch mit einem Mann, der eigentlich Jude gewesen war und, weil er sich in eine Palästinenserin verliebt hatte, Moslem geworden ist. Woran glauben S i e? Was ist Ihnen

104

mehr als lau, halbwarm und fade? Es ist niemals zu spät, etwas zu ändern. Leute, die sagen, dass es zu spät sei, bemänteln damit nur Ihre Angst davor, das Neue zu wagen, ins Niegelebte zu springen. Selbst, wenn Sie wissen, dass Sie Krebs haben und nicht geheilt werden können, können Sie die Zeit, die Ihnen bleibt, für das nutzen, was Sie noch tun müssen. Zum Beispiel zu lieben. Haben Sie schon geliebt? Kennen Sie das Gefühl, von etwas oder jemandem so fasziniert zu sein, dass er ihnen viel mehr bedeutet als alles andere sonst? Nein, ich meine nicht Leidenschaft, ich meine nicht Sex. Sie können nur lieben, wenn Sie Sex haben? Dann wissen Sie nicht, wovon ich spreche. Natürlich ist nichts dagegen zu sagen, dass man mit dem schläft, den man liebt, wenn der das auch will, aber das ist nicht das, was es ausmacht, dieses... Liebe ist vielleicht das einzige, das dem Spontanen überlegen ist, dem Genießen des Augenblicks, denn sie motiviert, kritisiert, schenkt Geborgenheit, tröstet... und das jeden Tag neu. Ja, da staunen Sie, aber dafür brauchen Sie sich nicht zu schämen, wenn Sie noch staunen können, ist nicht alles verloren, ja, es stimmt, Sie haben ja recht: Man kann nicht wählen zu lieben, man kann sich nicht darum bemühen, man liebt oder man liebt nicht, es ist ein Geschenk. Aber Sie können es sich von vornherein schwer machen. Wenn Sie so leben, wie Sie es momentan tun, so eingekapselt und isoliert, so unfähig, das Sie Umgebende vorurteilslos aufzunehmen und sich durch es in Frage stellen zu lassen, werden Sie es schwerer haben zu lieben und geliebt zu werden, als wenn Sie immer bereit sind. Und es muss ja kein Mensch sein, es kann auch Ihr Beruf sein, den Sie lieben, aber damit sollten Sie dann, wenn ich Ihnen das in aller Freundschaft sagen darf, möglichst bald mal beginnen, weil sich sonst für Sie alles erledigt hat, denn die Liebe kommt nicht gerne zu denen, die mit allem schon fertig sind, mit allem schon seit langem abgeschlossen haben. Gut, gut, Sie verstehen mich nicht, Sie wollen sich aus Ihrem Resignierthaben nicht rausreißen lassen, gut, gut, Sie haben recht und es ist ja auch so: Jeder hat recht und jeder ist begrenzt, niemandem kann man vorwerfen, sein Leben zu leben, wie er es lebt, weil jeder je unterschiedliche Voraussetzungen hat und jeder je unterschiedliche Blicke auf das Leben wirft. Aber wenn jeder recht hat: Wo ist dann der Sinn? Müssen wir nicht in etwas geborgen sein, das uns alle verbindet, in etwas, das..."

„Meinen Sie nicht, dass Sie an diesem Punkt...", begann der Therapeut.

„Ja, da kommen Sie natürlich aus dem Loch gekrochen", fiel sie ihm ins Wort, blickte ihn an und schloss die Augen, „da müssen Sie natürlich Laut geben, obwohl Sie sonst nichts zu sagen haben, da kommen Sie natürlich umgehend damit, dass es absolut infantil sei, solch ein Allesumfassendes anzunehmen, wo doch absolut klar sei, dass jeder seine unaufhebbare Einsamkeit annehmen müsse. Wie ich sie hasse, diese Menschen, die ihren Schmalspurexistentialismus immer wieder herbeten auf immer wieder die gleiche nervtötende, öde, opportunistische Weise. Ja, jeder ist begrenzt, aber macht es nicht einen großen Unterschied, ob man lebenslang lernen und sich verändern möchte oder sich mit seiner eigenen Dürftigkeit einfach abfindet und – wie etwa Sie es tun – resigniert? Ist es nicht ein Unterschied, ob man Sehnsucht nach dem Transzendenten hat, die nicht gestillt werden möchte, oder satt einfach feststellt, es gebe keinen Sinn? Nein, Sie haben unrecht. Der Satte, der, der sich nicht sehnt, hat niemals recht, weil die Toten nur unter den Toten recht haben können. Die, die sich nicht abfinden können, haben recht, die Hungernden, die noch Wünsche, Visionen und Hoffnungen haben, und warum sollte es unmöglich sein, dass Alte und Junge, Kranke und Gesunde, Glaubende und Nichtglaubende, Männer und Frauen, Gebildete und Nichtgebildete, Reiche und Arme, Kraftvolle und Schwache, Mutige und Feige, Begabte und Unbegabte von einer einzigen Kraft herkommen und auf sie zugehen, solange sie leben? Aber ich kann jetzt nicht mehr. Sie haben recht. Ich habe auch Antwort erhofft. Ich bin auch hierher gekommen, weil ich gedacht habe, dass Sie an irgendeiner Stelle etwas zu sagen haben könnten, etwas, was ich noch nicht weiß. So kann man nicht leben, jeder braucht Resonanz. Jeder hat recht, jeder ist nur begrenzt. Und deswegen haben Sie recht damit, dass Sie resigniert haben, denn wie viele Menschen haben Sie hier schon hinein- und heraus- kommen sehen? Und was hat sich verän- dert, was hat sich getan? Wie viele haben sich auch nur für Millimeter von der Stelle bewegt? Nur dadurch, dass Sie resigniert haben, können Sie all die Menschen über- haupt nur ertragen, von denen Sie mit ei- nem Blick wissen, dass sie sich ohnehin nie ändern werden. Wie sollen Sie nicht resig- nieren, wenn Sie die endlosen Klagen der Frauen über ihre Männer hören, obwohl es doch in jeder Beziehung nur eine wichtige Frage gibt, eine alleine: Wird noch geliebt? Ist Liebe da, ist alles andre zu schaffen. Und wie sollen Sie das diesen verwöhnten, verzärtelten, satt gewordenen Klienten vermitteln, ohne Gefahr zu laufen, sie für immer zu verlieren? Wer hat für Sie Ver- ständnis, während jeder, der zu Ihnen kommt, erwartet, dass Sie für ihn Ver- ständnis haben müssen? Andere sind dumm, Sie haben resigniert. Andere haben keine Ahnung davon, wie erbärmlich klein diese sogenannten ganz normalen Men- schen sind, die es sich leisten können, zum Therapeuten zu gehen, Sie müssen es täglich erleiden und dürfen sich nicht einmal beklagen, denn es ist ja Ihr Job. Sie haben resigniert und es wird nicht einmal gewürdigt, dass Sie nicht Säufer geworden sind. Sie können niemanden größer und weiter machen, als er ist, und müssen ihm doch das Gefühl geben, weitergekommen zu sein. Wer tröstet Sie, wer fängt Sie auf? Wer versteht Sie, wer würdigt, was Sie erleiden? Und doch bleibt bestehen, dass Sie sich in Ihrer Enge eingerichtet haben und trotzdem bleibt die Frage, ob Sie nicht auch anders leben könnten."

„Wie kommen Sie eigentlich dazu...?"

„Aber nun regen Sie sich doch nicht auf. Ich will Sie doch nicht beleidigen. Es war ja auch nur eine Frage. Und vielleicht können wir ja alle nicht anders. Vielleicht müssen wir uns ausnahmslos alle in irgendetwas einrichten, vielleicht geht es nicht anders: Der eine darin, dass er nicht glaubt, dass es in allen Milchstraßen und Philosophien, in allen Menschen und Ideen etwas gebe, woran zu binden sich letztlich auch lohne, der andere in einer Lebensform, etwa einer Familie. Natürlich: Man kann seine Frau, seinen Mann, seine Kinder lieben, aber darf das wirklich alles sein? Bleibt nicht die Sehnsucht nach etwas ganz andrem, dem Schritt ins Nichtbetretne, nach dem Blick in das, was noch niemand gesehen hat, aber bitte, natürlich, Sie sehen mich an, entschuldigen Sie bitte, ich wollte nicht... und ein anderer richtet sich darin ein, dass Leben Solidarität bedeute, und er tritt für die Hungernden, Entrechteten und Gedemütigten ein, er scheint noch am ehesten das Unendliche, das Transzendente betreten zu haben, indem er alles Ichhafte und Kleinbürgerliche abgestreift hat, aber dabei hat er in hohem Maße den Bezug zum Normalen, Allzunormalen verloren, er meint, jeder müsse sich engagieren, und er hat ja auch recht damit, vergisst aber dabei, dass derartiges Sichengagieren nicht aus dem Nichts kommen kann, sondern das Erleiden der Beschissenheit von Wirklichkeit voraussetzt, von Ungerechtigkeit und... die Liebe zum Menschen schlechthin. Und wer hat die schon? So viele versuchen sich in der Liebe einzurichten, aber sich in ihr einzurichten, ist einfach unmöglich, sie verweigert sich der Etablierung in jedem Mikromoment. Wieso ist das so? Wir sehnen uns doch danach, zu lieben und geliebt zu werden, wir wollen den, den wir lieben, doch beißen und aufessen, doch nie mehr loslassen und immer loslassen und immer dafür sorgen, dass es ihm gut und immer besser geht, und wir verstehen nicht, warum wir geliebt werden, weil wir den geliebten Menschen doch viel schöner und klüger und wichtiger und phantasievoller finden als uns selbst, und dann stürzen wir immer wieder ab, weil wir ja wissen, dass wir selbst nichts sind und nichts bewirken, schon gar nicht für den Menschen, den wir so lieben. Denn wovor beschützen wir ihn? Was nehmen wir ihm ab? Wo machen wir die Welt anders und so, dass sie wert ist, ihm zu begegnen? Wir wollen einsame Blockhütten in schwarzen Wäldern bauen und ihn dort einbunkern, zwanzig Meter unter der Erde, wir wollen es herausschreien und beten, wie wertvoll er ist und dass er niemals, niemals wieder weggehen darf. Regen Sie sich nicht auf, bitte, bitte seien Sie nur noch einen Moment lang still, ich bin ja ganz brav, ich sehe ja alles ein, wir müssen uns alle arrangieren, wir müssen, jeder auf seine Weise, Mauern hochziehen, weil wir ja verlassen werden und selber verlassen, weil alles so unendlich endlich ist. Es tut so weh, verlassen zu werden, so unendlich weh, und am meisten dann, wenn man einsieht, dass es nicht anders sein kann. Deswegen werde ich auch niemals, niemals, niemals Kinder haben. Mit dem Geborenwerden beginnen sie, uns zu verlassen, mit jedem Schritt, mit dem sie mehr sie selber werden, entfernen sie sich weiter von uns. Und sie haben recht damit, wir dürfen ihnen nicht im Wege sein, sie nicht klammern, weil sie wachsen müssen, um leben zu können. Niemand nimmt so oft Abschied, so tief und so untröstlich wie der, der Kinder hat, und je mehr wir sie lieben, um so tiefer erleiden wir sie, wir wollen die Innigkeit der Gemeinschaft mit ihnen festhalten, die lebendig war Tag für Tag, Stunde für Stunde, Moment für Moment, als sie noch klein und unselbstständig waren – aber was hilft, was ändert es, dass wir das wollen?

Nein, ich gebe es zu, ich unterschreibe alles, ich gebe Ihnen nur recht: Alles ist Flucht, Flucht vor der Unerträglichkeit des Daseins an sich. Natürlich werde ich noch heute wieder losfahren, wer weiß wohin, vielleicht nach Australien, und natürlich werde ich alles dafür einsetzen, dort jemanden zu finden, den ich unendlich süß und unendlich interessant finden kann. Und doch soll man ja man selbst sein. Man macht sich unentwegt etwas vor, ständig redet man sich ein, dies wirklich zu wollen und jenes wirklich zu müssen, dabei weiß man tief in sich drin, dass man nur ein Fliegenschiss des Universums ist und dass alles genauso weitergeht, wenn man nicht da ist und nie gewesen wäre. Und doch soll man man selbst sein, man hat keine Alternative dazu, man ist nur einmal da, man kommt nie mehr wieder, und wenn man es dieses eine Mal nicht schafft, wird man es nie schaffen."

„Aber woher weiß ich..."

„Das ist es ja. Niemand kann es mir sagen. Nirgendwo kann ich es nachlesen. Nirgendwo gibt es eine Rezeptur dafür. Und unter meinen hundertdreiundzwanzig Bekannten und Freunden werden hundertvierundzwanzig sein, die mir einreden wollen, dass es das nicht gebe: man selber zu sein, und wenn man sich nicht immer wieder durchwühlt zu der Gewissheit `Das bin ich, das bin ich nicht` hat man vergeblich gelebt, und da kommen auch Sie nicht daran vorbei, obwohl Sie fortwährend versuchen, mich auf eine falsche Fährte zu locken und das, was mir niemand nehmen kann, zu desavouieren. Ich nehme Ihnen das nicht übel, verstehen Sie das? Im Augenblick wissen Sie es nicht besser, aber das kann morgen schon ganz anders aussehen, Sie müssen sich lediglich von dem Gedanken verabschieden, großen Einfluss auf Menschen haben zu können, wir haben keinen Einfluss, wir können nichts bewegen, und wenn es anders ist, dann deshalb, weil wir Teil eines Prozesses sind, benutzt werden von Kräften, die in Anspruch nehmen und fallen lassen, was immer sie wollen. Sehen Sie mich nicht so an, das geht ganz tief in mich ein, Sie haben keinen Grund dazu, denn es gibt kein Zuspät. Verstehen Sie das? Es ist nicht zu spät dafür, dass Sie Sie selber werden, dass Sie alles abstreifen, was nicht echt ist und nicht zu Ihnen gehört, noch heute können Sie damit beginnen und dieser Anfang könnte darin bestehen, dass Sie sich von der Überzeugung verabschieden, ich sei irre und krank. Ich musste das einmal sagen und Ihnen und jetzt und niemand wird es erfahren. Von Ihnen nicht und von mir nicht, also entspannen Sie sich. Wovor haben Sie Angst? Dass Sie bisher nicht gelebt oder falsche Götter angebetet haben? Wann täuschen wir uns nicht, wann irren wir niemals? Aber ganz wollen wir es tun, mit allem, was wir sind und nicht nur lau und halb und mit Verstand. Wir wollen uns hingeben und nicht anders gekonnt haben und nicht nur ständig reflektieren und Angst haben und vernünftig sein und alles vorbeiziehen lassen. Wovor fürchten Sie sich? Ich bin doch nicht hier. Ich bin nie hier gewesen. Wenn Sie mir morgen auf der Straße begegnen, werde ich Sie nicht kennen und jeder Traum wird Ihnen wirklicher vorkommen als etwas von mir. Wenn es anders ist, haben Sie mich verraten und verdient, tausend langsame Tode zu sterben. Lassen Sie nicht ab, werden Sie leidenschaftlicher, werden Sie unbedingter, werden Sie größer."